ALI MOKTAR BEN SALEM

CINQUIÈME SÉRIE. — FORMAT GRAND IN-8°

POITIERS. — TYPOGRAPHIE OUDIN ET Cⁱᵉ.

Ali Moktar ben Salem.

NOUVELLE BIBLIOTHÈQUE ILLUSTRÉE DE VULGARISATION

ALI MOKTAR BEN SALEM

AVENTURES D'UN TUNISIEN

PAR

BOISVILLE

ILLUSTRATIONS DE VILLEBOIS

PARIS

LECÈNE, OUDIN ET Cie, ÉDITEURS

15, RUE DE CLUNY, 15

UN MOT D'EXPLICATION

J'ai eu la bonne fortune de rencontrer à *Tunis* un *Arabe* qui parlait fort bien le français, ce qui a singulièrement facilité la conversation, car je ne suis pas un arabisant de première force.

Par suite de circonstances que mes lecteurs, si j'en ai, apprendront en tournant les pages de ce volume, son histoire m'a paru assez intéressante pour l'écrire. Si je me suis trompé, elle contient tout au moins des détails exacts sur les mœurs et les coutumes de la Tunisie.

Quand on aura fait connaissance avec *Ali Moktar ben Salem*, on voudra peut-être aller voir son pays.

C'est le désir et le but de l'auteur.

ALI MOKTAR BEN SALEM

AVENTURES D'UN TUNISIEN

CHAPITRE PREMIER

COMMENT MOKTAR FUT APPELÉ A QUITTER SON PAYS

Nous sommes obligés de dire pour ceux qui n'ont
jamais habité un *gourbi*, et nous les en félicitons, que
cela n'a rien de commun avec un château, pas même
avec une ferme. La moindre masure paraît somp-
tueuse à côté. Pas besoin, comme on va voir, de ma-
çons ni de charpentiers ; quant aux architectes, ils
ne feraient pas leurs frais.

On élève soit en forme de rectangle, soit en cercle,
selon qu'on aime le carré ou le rond, des murs de
pierres sèches liées avec de la boue mêlée parfois
avec de la paille hachée. Si on a le génie de la construction, on bouche les fentes avec de la fiente de
vache ; c'est un crépissage sinon inodore, du moins
solide. Quelques bouts de bois forment le gabarit de
la charpente, un peu de chaume par-dessus, puis une
bonne couche de *diss*, espèce de gynérium qui croit

dans les endroits humides, voilà la maison faite. Pas de fenêtres, pas de porte ; un trou pour entrer, c'est tout.

Autour du *gourbi*, quelques jujubiers desséchés aux épines acérées en défendent l'entrée aussi bien que la meilleure ronce artificielle.

Un gourbi arabe.

C'est là que vivait la famille Salem, et elle s'y trouvait relativement heureuse.

Elle se composait du père Salem, de sa femme et de ses quatre fils, Moktar, Mabrouk, Amor et Hassein.

Le père Salem était très fier de n'avoir que des garçons, car la naissance d'une fille est considérée chez les Arabes comme un événement malheureux, ce qui par parenthèse n'est pas très galant. Il avait eu beaucoup de chance dans le choix de son épouse Mabrouka, nom qui signifie « qui porte bonheur ».

Un jour que des Arabes nomades s'en allant dans le
nord pour faire la cueillette des olives avaient dressé
leurs tentes non loin du *gourbi* de son père, il avait
remarqué la jeune Mabrouka comme elle revenait de
chercher de l'eau. Il avait proposé aux parents de la
jeune fille de la lui donner moyennant deux bourricots, et avait fini par l'obtenir en ajoutant quelques
mesures d'orge. Les nomades avaient replié leurs
tentes et étaient repartis avec deux bourricots en
plus et une femme en moins.

Ma foi, Salem était bien tombé ; Mabrouka savait
traire les chèvres, les tondre, faire avec leur poil des
ambils, sortes de sacs qui servent à transporter les
grains à dos de chameau ou de bourricot. Elle
était forte, et quand la terre était trop dure, on pouvait utilement l'atteler devant l'âne pour tirer la
charrue ; enfin elle faisait le *couscouss* comme pas
une.

Les enfants étaient devenus presque des hommes,
et quelques arpents de terre que l'on ensemençait en
orge, en blé ou en fèves suffisaient à faire vivre tous
ces gens habitués à se contenter de peu.

Un jour, et de ce jour datent les tribulations de
Moktar, on vit arriver un envoyé du *khalifat* qui venait
réclamer le paiement de l'impôt.

Cet estimable fonctionnaire du bey de Tunis était
monté sur un grand et beau cheval gris; enveloppé
dans un burnous blanc, la figure à moitié cachée par

un *haïk*, il avait toute la majesté désirable. Derrière lui, juché sur une mule noire, marchait le *caïd*, c'est-à-dire le chef de la tribu à laquelle appartenait la famille de Moktar.

Salem finissait de dépiquer son blé, ou plutôt Salem était accroupi et regardait travailler sa femme. Deux petits bœufs maigres mais nerveux, tournaient en rond sur l'aire, foulant le blé sous leurs pieds. Le dépiquage est le seul mode employé par les pauvres Arabes du sud pour battre leur moisson. Mabrouka dirigeait l'attelage au moyen d'une corde, l'excitant de la voix et du geste sous l'œil bienveillant de son mari.

Salem, en apercevant les nouveaux arrivants, se leva d'un air triste, fit un signe à sa femme, et Mabrouka arrêta les bœufs.

— Nous venons pour la perception, dit le caïd; tu dois la *medjba* qui est l'impôt établi par notre Seigneur et Maître sur chaque tête de ses sujets mâles. Tes quatre fils et toi cela fait cinq; à quarante-cinq piastres par tête, si mes facultés ne sont pas altérées, tu en dois deux cent-vingt-cinq.

La piastre étant de soixante centimes, c'était environ cent trente-cinq francs qu'il s'agissait de faire sortir de la poche de Salem pour les faire entrer dans l'escarcelle du toujours très digne fonctionnaire qui entr'ouvrait déjà le sac à plusieurs comparti-ments pendu à son cou.

Le collecteur d'impôts.

Salem prit un air un peu plus triste, mais ne répondit rien.

— Tu as encore à payer l'*achour*, poursuivit le *caïd*, l'impôt que notre seigneur et maître perçoit sur toutes les terres cultivées.

Salem prit la pose de la résignation parfaite.

— Enfin tu as encore à payer le *kanoun*, l'impôt que notre seigneur et maître perçoit sur chaque pied d'olivier.

Le plus grand compartiment de l'escarcelle s'ouvrit, mais Salem ne déposa rien dedans.

— Est-ce que par hasard tu serais sourd ? grommela l'envoyé du *khalifat* dont le cheval dévorait le grain sur l'aire.

Salem l'aurait certainement désiré pour ne pas entendre formuler des demandes aussi inopportunes. La vérité est qu'il n'avait qu'une vingtaine de piastres ; il aima mieux déclarer qu'il n'avait rien !

— Je n'ai pas vendu ma récolte, gémit-il, tu le vois bien, puisque je n'ai pas fini de la battre ; je n'ai rien, comment veux-tu que je te paie ?

Et il fit avec ses longs bras un geste désespéré qui fut aussitôt répété par toute la famille.

— Est-ce que tu crois que le bey a le temps d'attendre que tu la vendes, ta récolte ? Je la saisis et je la vendrai pour son compte, le *caïd* sera chargé de l'enlever ; finis toujours de la battre.

Et le digne fonctionnaire tirant à lui la bride de son

cheval qui continuait à manger à s'en faire crever, fila plus loin, poursuivant sa petite tournée d'encouragement à l'agriculture.

C'est ainsi que cela se passait! On disait bien à l'Arabe que la terre qu'il défricherait ne paierait pas l'impôt pendant trois ans; mais si au bout de ce temps, un percepteur rapace prélevait tout ce que la terre avait rapporté, à quoi bon la défricher? On savait aussi que dans certaines années de disette ou de sécheresse, le bey dispensait parfois une tribu de payer l'impôt; mais ce qui était encore plus certain, c'est que si l'année suivante était bonne, on le faisait payer double pour rattraper l'arriéré.

On comprend, sans qu'il soit nécessaire d'insister beaucoup, que dans ces conditions le défrichement s'opérait lentement, chaque famille cultivant autour de son *gourbi* juste ce qui lui était nécessaire pour vivre.

Réellement la visite de l'employé du fisc était particulièrement intempestive cette année-là.

En effet, l'aîné des fils, le jeune Moktar, revint le soir ramenant le troupeau composé de chèvres et de moutons. Il apportait de bien mauvaises nouvelles. D'abord les *oueds* (on appelle ainsi tous les cours d'eau grands et petits) se desséchaient; il faudrait dorénavant, pour trouver de l'eau, faire avaler des kilomètres à des pauvres bêtes mourant de soif; jamais elles n'en auraient la force, d'autant que les moutons atteints de la clavelée marchaient sur trois pattes ; et puis et surtout Abdallah le pasteur lui avait annoncé l'arrivée d'un régiment de criquets.

—Si Dieu les amène, il les remmènera, dit avec résignation le père Salem, après avoir écouté le récit de son fils. Cependant, ajouta-t-il, nous n'en avons jamais

Le dépiquage du blé.

souffert ici. Une seule fois nous avons vu des sauterelles, elles voltigeaient dans l'air comme des feuilles mortes ; j'en ramassai quelques-unes pour les manger, elles étaient bonnes ; puis elles devinrent si nombreuses qu'elles formèrent un véritable nuage. Nous sortîmes tous, l'un avec un tam-tam, l'autre avec un chaudron pour faire le plus de bruit possible ; moi, j'allumai du feu, un autre tira des coups de fusil, les femmes crièrent tant qu'elles purent ; les sauterelles eurent peur et j'ai entendu dire qu'elles s'étaient

toutes noyées dans la mer. — Dieu est grand, mes
enfants !

Le fait est qu'en Tunisie les vols de sauterelles sont
bien plus rares qu'en Algérie, mais tout dépend du
vent qui les emporte parfois jusqu'en Sicile. Lam-
pedusa et Pantellaria, deux petites îles italiennes du
littoral, ont été quelquefois désolées par ce fléau, car
là où la sauterelle tombe, elle pond. A l'aide d'une
sorte de tarière placée sous le ventre, elle fore en
terre un trou où elle dépose ses œufs, puis meurt.

Cinq à six semaines après, nait le criquet dont les
ailes sont encore embryonnaires et qui court sans
pouvoir voler; il est d'une voracité de larve, tout
végétal un peu tendre lui est bon, les plantes rési-
neuses ou aromatiques seules lui répugnent; mais les
graminées, les légumineuses, les céréales, la vigne,
les arbres fruitiers même sont dévorés. Tout est
entamé par leurs mandibules qui fonctionnent avec
rage.

Formés en bataillons serrés, rien ne les arrête;
si la tête de la colonne trouve un obstacle, elle fait
halte, mais les suivants grimpent sur les premiers
arrivés qui culbutés servent de pont au gros de
l'armée, et la marche dévastatrice se continue ainsi
jusqu'à ce que les ailes lui ayant poussé, petit criquet devient sauterelle et s'envole où Dieu le mène.
La famille Salem fit une triste expérience des rava-
ges du criquet. Moktar avait été bien renseigné, et

trois jours après son retour ils avaient fait leur apparition ; tout fut nettoyé, il ne resta pas un fétu de paille dans l'aire ; le caïd n'avait plus besoin de se déranger pour enlever la récolte, les criquets s'en étaient chargés.

C'était la vengeance de l'Arabe, mais c'était la famine !

Accroupis autour d'un petit feu allumé dans le milieu du *gourbi*, si vous aviez pu voir ces pauvres Salem, c'était grande pitié, mais vous n'auriez rien vu du tout, car il y avait une fumée intense comme dans tout local où il n'y a pas de cheminée. Mabrouka attisait le feu avec une feuille de palmier et faisait chauffer de l'eau ; elle la versa dans un pot grossier, alla chercher dans une outre noire suspendue au mur quelque chose de nauséabond qui n'était autre que de l'huile rance, et l'huile ajoutée à l'eau chaude et au pain d'orge fit la soupe du soir.

Le pot fit le tour des convives.

— Nous avons bien mangé ce soir, mes enfants, dit Salem à la fin de ce piteux dîner, nous avons bien mangé, mais si nous continuons ainsi, dans huit jours nous n'aurons plus rien.

En bon français, cela veut dire : il s'agit de se débrouiller.

— Maître, dit Mabrouka, voici mes anneaux.

— Donne, répondit Salem, j'irai à Gabès les porter chez le juif.

Elle fit sortir de ses oreilles non pas deux boucles, mais deux bracelets en argent qui, s'ils étaient très grands, n'étaient pas très lourds ; une petite tête de serpent en formait une des extrémités, elle passa facilement à travers le lobe fortement entaillé de l'oreille. Puis elle enleva une sorte de broche, le seul ornement de sa robe en cotonnade bleue, et voulut retirer les bracelets qui garnissaient ses chevilles.

Le maître l'arrêta d'un geste; ils étaient en cuivre, et quoique fortement astiqués par la peau de Mabrouka, ils étaient sans valeur. Tout ce qui brille n'est pas or, surtout pour le juif! Les pauvres bijoux furent enfermés dans un petit sac en cuir jadis rouge.

— Toi, Moktar, dit alors le père, tu es l'aîné, tu es grand et fort, tu sais soigner les troupeaux, va chercher à te placer comme domestique chez des gens moins malheureux que nous.

— C'est bien, mon père.

Et tant est grand dans la famille arabe le respect dû au chef, qu'il n'y eut pas un mot de plus échangé.

Salem avait parlé, il serait obéi.

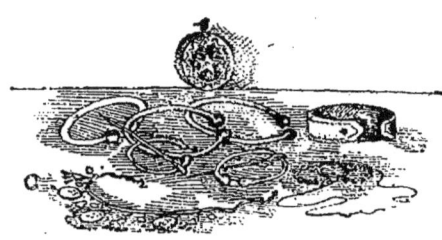

DU GOURBI NATAL A SOUSSE

CHAPITRE II

DU GOURBI NATAL A SOUSSE

Le lendemain aux premières lueurs du jour, Moktar était prêt à partir ; sa toilette n'était ni longue, ni compliquée.

Une sorte de caleçon aux vastes plis, noué au-dessous du genou, et une *gandoura*, large chemise avec des manches très courtes, forment le fond de l'habillement de l'Arabe ; il le complète par un burnous en laine blanche qu'il laisse flotter s'il fait chaud, dans lequel il se drape s'il a froid, et une *chechia* ou calotte en feutre rouge autour de laquelle il enroule une longue bande d'étoffe légère pour faire le turban.

Il prit sa matraque, grand bâton terminé par une grosse racine, dont les Arabes se servent avec une dextérité remarquable, une espèce de calebasse en parchemin qu'il remplit de *couscouss*, et quitta le gourbi accompagné des siens.

A peu de distance se trouvait un petit monticule ; la famille Salem s'y arrêta et la face tournée vers la Mecque, s'agenouilla pour la prière du matin, puis après avoir touché la terre trois fois avec le front, chacun s'assit en rond et le conseil de famille commença.

Le père Salem qui devait aller à Gabès engager chez le juif les maigres bijoux de Mabrouka, opinait pour emmener son fils avec lui, non pas qu'il espérât y trouver de l'ouvrage, mais on pourrait, disait-il, avoir des renseignements par un nommé Taïeb qui avait été longtemps dans le Nord de la Régence, y avait amassé une petite fortune et jouissait de la considération qui entoure l'homme qui a voyagé fructueusement.

— Je le connais Taïeb, dit Moktar, et je lui ai souvent entendu raconter que pour gagner de l'argent il fallait aller à Tunis la Blanche; à quoi bon le consulter? il nous répéterait la même chose.

— Dieu est grand, mon enfant, soupira Salem, mais Tunis est bien loin !

Moktar n'en voulait pas démordre, il racontait l'histoire de Taïeb entré comme domestique au service d'un riche Tunisien, revenant tous les six mois à Gabès pendant que son frère Amâr allait le remplacer, et rapportant des marchandises sur lésquelles il gagnait ce qu'il voulait. Il s'échauffait, parlait avec une volubilité extraordinaire de ses richesses futures. Ses frères l'écoutaient les yeux écarquillés. Avec son imagination orientale, il voyait et faisait voir à ses auditeurs des monceaux de piastres, un véritable éblouissement de richesses.

Le labourage d'un champ d'oliviers.

Et c'était chose curieuse d'entendre ces misérables loqueteux, le ventre serré par la faim, discourir de pareilles choses !

Moktar l'emporta ; il fut décidé qu'il partirait pour le Nord, ce pays merveilleux, et son père lui remit comme viatique cinq piastres qu'il serra soigneusement dans un sachet où elles allèrent tenir compagnie à son amulette, un osselet qui avait été jadis la phalange du petit doigt d'un *marabout* honoré comme saint dans le pays.

Il embrassa l'auteur de ses jours sur l'épaule, en fit autant à ses frères, et porta la main à son cœur, à sa bouche et à son front, ce qui signifie : « Votre souvenir est dans mon cœur, je le porte à mes lèvres et je le fixe dans ma pensée. »

Et drapé dans son burnous, appuyé sur sa matraque, le voilà en route pour le Nord.

Ce n'est pas, je vous assure, comme si vous alliez de Toulon à Paris. Prenez la route nationale, vous dirait-on, toujours tout droit, du reste vous ne pouvez pas vous tromper, il y a des bornes à tous les kilomètres, des poteaux indicateurs à tous les croisements de route et des cantonniers qui ne demandent pas mieux que de causer.

Tandis qu'à Métouïa, c'était le nom du village à côté duquel logeait la famille Salem, on ne connaissait pas de routes à des centaines de lieues à la ronde. Quelques sentiers à peine frayés par les caravanes, ou de vastes pistes pour le passage de rares arabas, (petites charrettes très légères à deux roues) servaient seules à se reconnaître.

On était à la fin de septembre, un soleil ardent éclairait la campagne desséchée par l'été et dévastée par les criquets.

On ne voyait pas un arbre, non parce qu'ils ne poussent pas, mais l'Arabe les a en horreur, peut-être parce qu'ils lui cachent le soleil; il ne tolère que ceux qui portent des fruits et soigne surtout l'olivier importé par Charles-Quint dans la Régence.

Il s'en trouvait quelques-uns autour de Métouïa; les indigènes étaient en train de les émonder ou de labourer la terre au pied, afin qu'en automne la pluie pénétrât plus facilement.

Moktar trouva là une connaissance, Youssef-el-Hadj qui poussait sa charrue.

La traduction littérale de Youssef-el-Hadj est Joseph le Pèlerin. On ajoute souvent ce mot au nom de celui qui a été à la Mecque et qui devient par ce fait un personnage vénérable; on baise ses mains ou le bas de son burnous, cela porte chance.

Moktar ne manqua pas de se conformer à cet usage et de demander des nouvelles de la famille. Elles n'étaient pas des meilleures, Messaouda, la femme de Youssef, venant de lui donner une fille, ce dont d'ailleurs elle lui avait bien demandé pardon. La petite gamine qui s'appelait Fathma, le nom de la première épouse du prophète, était pour l'instant à califourchon sur le dos de sa mère enserrée dans un morceau de cotonnade bleue et dormait à poings fermés, sans avoir l'air d'être le moins du monde dérangée par les brusques se-cousses que lui imprimait sa maman en béchant son olivier. C'est une façon comme une autre de bercer les enfants ; il ne s'a-git que de s'entendre.

Femme arabe et son enfant.

— Et alors, comme ça, te voilà parti ? interrogea Youssef-el-Hadj.

— Oui, que Dieu me soit misé-ricordieux ! répondit Moktar ; je vais dans le Nord.

— J'ai bien voyagé, tel que tu me vois, reprit Youssef, puisque je suis allé à la Mecque vénérer le tombeau du Prophète, — qu'il soit exalté ! — et je m'embarquai à Sousse. C'est là que tu dois aller, tu y trouveras facilement du travail. C'est une grande ville, Sousse ; c'est la seconde de la Régence, la capitale du Sahel, région la plus riche en oliviers et qui compte, dit-on, cent cinquante mille habitants. C'était l'ancienne résidence de notre bey, car il y en avait autrefois deux, celui du Nord et celui du Sud. S'il plaît à Dieu, il te faut six à sept jours à pied pour t'y rendre.

— Dieu est bon ! dit Moktar, et il prit congé de Youssef, très désireux de gagner au plus vite la capitale du Sahel.

Comme il approchait du village de Bou-Merdès, après sa seconde journée de marche, il fut rejoint par un Arabe qui paraissait très pressé.

Ce fait anormal dans un pays où la placidité est de règle frappa Moktar.

Renseignements pris, c'était le barbier de l'endroit que le cheikh de Bou-Merdès venait de faire mander parce qu'il avait un violent mal de tête. Le cheikh remplit une charge à peu près analogue à celle du maire en France; il est quelquefois aussi tyrannique.

Ce personnage important était accroupi le long d'un mur, tournant entre les doigts son chapelet.

Dès qu'il aperçut le barbier, il enleva le monument qui recouvrait son occiput et se gratta avec énergie, au grand désespoir de la population grouillante qui y tenait garnison.

Sans perdre de temps, le barbier prit une savonnette arabe de la forme d'un œuf, savonna le crâne de son client, passa et repassa cinq ou six fois un rasoir ébréché sur la peau de son bras en guise de cuir et se mit en devoir de raser soigneusement poils et bêtes.

Quand cette opération fut terminée, il pratiqua sur le crâne et particulièrement sur le front du patient plusieurs incisions longitudinales.

Le cheikh était guéri !

Nous livrons cette recette pour ce qu'elle nous coûte ; elle est d'une application facile, surtout pour les chauves.

Le cheikh dans sa satisfaction apporta du lait aigri dont Moktar qui avait assisté à la cure eut sa part.

Ce n'est pourtant pas ce qu'il avait bu qui avait pu lui faire tourner la tête, mais ce qu'il y a de certain, c'est qu'en sortant de Bou-Merdès il s'orienta mal et aurait pu faire un crochet très inutile, s'il n'avait rencontré un personnage dont l'accoutrement superbe le stupéfia.

Un barbier arabe.

Monté sur une mule dont le bât était bien rembourré, il avait derrière la tête un immense chapeau de paille agrémenté de broderies en cuir rouge ; à son oreille droite était fixé un petit bouquet de fleurs de jasmin ; il égrenait machinalement un chapelet de nacre.

Son palefrenier le suivait sur un bardot. A l'arçon de la selle pendait une cage en bois contenant un oiseau jaune ; il était de plus porteur d'un alcarraza contenant de l'eau fraîche, et d'un parasol.

Moktar, après avoir salué le maître, en portant la main à son cœur, se rapprocha du valet et entama la conversation avec lui.

Il sut bientôt à qui il avait affaire.

— J'appartiens, lui raconta le serviteur, à un ancien notaire, riche et fastueux ; il parfume sa *gandoura* et sa *djebadoli* avec des crottes de gazelle séchées qui sentent le musc. L'oiseau que tu regardes avec tant d'attention est son favori, il l'emmène partout avec lui, même au café. C'est un *mignar* (loriot) qui chante au clair de lune, et mon maître ne peut s'endormir que bercé par cette musique. Je suis allé le chercher à Kelibia, pays situé au nord du village de Korba, dans le Cap-Bon. Il y a là un promontoire qui sollicite l'arrêt de ces oiseaux de passage qui vont de Sicile dans le Sud Africain ; c'est là qu'on prend le *mignar* qui chante le mieux.

— Et pourquoi êtes-vous en voyage, hasarda Moktar ?

— Ah ! voilà : mon maître croit que dans une propriété dont il a jadis passé l'acte de vente, existe un trésor. Là-dessus il a acheté ce domaine, et il va

consulter un Marocain qui fait du charbon le long
du lac de Kairouan pour savoir quels sont les rites
à suivre pour trouver cette fortune. C'est, paraît-il,
un sorcier célèbre, comme du reste la plupart des
Marocains. Et toi, où vas-tu ?

— A Sousse, répondit Moktar.

— Oh, alors ! dit le valet, tu n'es pas dans ton chemin, prends à droite.

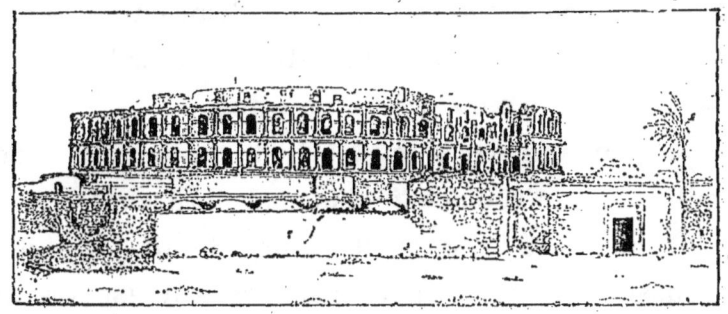

Ruines de l'amphithéâtre d'El Djem.

Moktar suivit le conseil, non sans avoir jeté un
regard de convoitise sur l'alcarraza.

Heureusement pour lui, il rencontra plus loin des
moukères, autrement dit des femmes portant sur leur
dos des *guerbas*, outres en peau de chèvre qu'elles
allaient remplir à un *oued* voisin.

L'eau est rare dans l'été, et les femmes font souvent de longs trajets pour assurer la provision du
ménage. Elles arrivèrent à l'*oued* dont elles sui-
virent le lit desséché jusqu'à un endroit où poussaient
des lauriers-roses ; d'une anfractuosité du sol sor-

tait un mince filet d'eau. Les *moukères* remplirent leurs outres au moyen d'une gamelle en fer-blanc ; elles la tendirent au nouvel arrivant, sans qu'il eût rien demandé, et il la leur rendit sans avoir levé les yeux sur elles, ce qui aurait été un manquement grave aux lois de la bienséance.

Plus bas, d'autres *moukères* savonnaient leur linge, puis montant sur une pierre, elles le pilaient avec les pieds, en laissant tomber de l'eau d'une gargoulette qu'elles tenaient à la main. Ce procédé n'assure pas, dit-on, la conservation du linge.

Moktar arriva le soir à El Djem, petite ville de deux mille habitants, où se tient un marché assez fréquenté. El Djem est à 42 kilomètres de Mahdia et à 62 de Sousse. Elle est célèbre par ses ruines romaines dont on trouve encore tant de vestiges en Tunisie. Elles ont été du reste fort abîmées dans un pays qui a vu successivement la domination carthaginoise, les Romains, les chrétiens, les Vandales, l'invasion Arabe, puis Charles-Quint et enfin les Français.

Celles d'El Djem consistent dans un cirque rappelant le Colisée et à peu près aussi grand ; les gradins en pierre et les loges où s'habillaient les artistes sont encore fort bien conservés.

Des pigeons sauvages et des oiseaux de proie y nichent maintenant en toute sécurité.

Ce fut là que Moktar passa la nuit, après avoir soupé de quelques figues de Barbarie.

Ce fruit du cactus joue un grand rôle dans l'alimentation de l'Arabe ; il pousse à la pointe des larges feuilles vertes, hérissées d'épines, de cet arbuste. Il faut pour le manger lui enlever ses piquants, ce qui se pratique généralement en le roulant par terre, comme on ferait d'une châtaigne pour la débarrasser de son enveloppe. Ses effets sont variables, suivant que l'on mange ou non les pépins qui sont fort astringents. Un vrai pruneau, si on les crache.

Le cactus est très répandu dans toute la Régence ; il fait des clôtures impénétrables aux animaux, seul le chameau dont le palais est cuirassé les broute, et il éprouve même du plaisir à se gratter la langue sur les épines. La culture en est facile, on brise une feuille que l'on plante, et plus la terre est sèche, plus la reprise des boutures est assurée.

Elles devaient prendre exceptionnellement bien cette année-là, car on priait avec ferveur à El Djem pour avoir de la pluie, ce qu'Allah accordera, espérons-le !

Deux jours après, Moktar exténué, mais content, apercevait Sousse, la capitale du Sahel.

LA FÊTE DU MOULED

CHAPITRE III

LA FÊTE DU MOULED

En entrant dans la ville, Moktar fut frappé de l'animation qui y régnait. De tous côtés, il arrivait du monde; une longue file de bourricots chargés d'oranges et de limons attendait à la porte que leurs propriétaires eussent acquitté les droits d'octroi. Un chameau le fit ranger en le poussant doucement, il portait sur son dos un palanquin ou plutôt une sorte de corbeille garnie de rideaux rouges surmontée d'un dôme orné de plumes d'autruche.

Des femmes chargées deux par deux voyageaient ainsi. Elles se mirent à pousser des cris semblables à ceux de la chouette en signe d'allégresse.

Notre campagnard était ahuri par toute cette foule qui pénétrait dans la ville.

Des *moukères* le dérangèrent dans sa contemplation; elles entraient, le *haïk* ramené sur le visage pour échapper aux regards indiscrets, dans la maison à laquelle il était adossé. L'une d'elles, plus soigneusement voilée, était accompagnée de son mari à cheval, son fusil au poing. Sa fille suivait à pied, ses babouches à la main, pour ne pas les salir.

Moktar leva la tête et lut l'enseigne.

C'était celle d'un *hammam* pour dames et messieurs. Il connaissait bien ce genre d'établissement, car il n'y a guère de petites villes qui n'en soient pourvues. La tentation était forte, il y céda, et ce fut la première atteinte portée aux piastres paternelles.

Le hammam consiste dans des étuves fort chaudes et très humides, car la chaleur est produite par de la vapeur d'eau. Il y a une piscine d'eau chaude et une d'eau froide où l'on va se jeter après avoir étouffé dans l'étuve. Cette sensation brusque procure une extrême jouissance, mais après, le martyre commence. Le baigneur vous fait entrer dans une petite salle, vous couche sur une table de marbre ou de pierre et vous masse vigoureusement. Quand il n'en peut plus, un autre baigneur vient joindre ses efforts à ceux du premier. Après avoir pétri sans pitié le ventre du patient, ils le retournent et lui frottent le dos avec les pieds. Et ce n'est pas tout, ils l'astiquent avec un gant de crin jusqu'à ce qu'il ait la peau rouge comme un homard. Ils prennent un sac de peau rempli de mousse de savon, en couvrent la victime qu'on inonde ensuite d'eau froide. Après l'avoir séchée, ils la roulent dans une couverture et la portent dans la chambre des morts où elle revient à elle.

Dans le *hammam* des femmes l'opération est un

peu plus longue, parce qu'il faut les épiler et leur frotter les ongles des pieds avec le *henné* qui leur donne une couleur assez analogue à celle du jus de tabac.

Moktar sortit tout frétillant de cet échaudoir. Toute fatigue était oubliée, il se sentait de taille à conquérir le monde, mais il avait une faim de cannibale fortement aiguisée par les odeurs appétissantes qui venaient chatouiller son nerf olfactif.

Il n'y avait que l'embarras du choix, car la ville semblait transformée en une vaste cuisine.

Dans une échoppe, un Arabe frottait dans ses mains de petites boulettes de pâte, et les laissait retomber dans un grand bassin de cuivre. C'était un marchand de *couscouss*, espèce de semoule qu'on fait cuire à la vapeur d'eau. Pour qu'il soit juste à point, il faut qu'on puisse le rouler dans les mains, sans qu'il s'écrase, et l'Arabe, pour montrer la bonne qualité de sa marchandise, s'évertuait à cet exercice en appelant le client.

Mais voilà une pratique qui arrive avec un grand plat en bois et un chapeau en jonc tressé. L'Arabe prend à pleines mains le *couscouss*, en remplit le plat, pose sur le dessus des morceaux de mouton bouilli et arrose avec la *meurga*. C'est la sauce obligatoire du *couscouss*, sauce d'un goût très relevé dans laquelle il entre force poivre, piment rouge, en un mot tout ce qui peut vous emporter la bouche ; il faut

cela pour vous faire digérer le *couscouss*. On recouvre
le plat avec le chapeau pour que le tout ne refroi-
disse pas.

En face, un concurrent prônait les mérites du *couscouss* au miel. Plus loin des gens se délectaient en
mangeant la *catchouka*, œufs frits avec des piments
et des tomates.

Mais sur la place c'était bien autre chose : on
vendait des saucisses de mouton grillé dont l'o-
deur de suif fondu vous prenait à la gorge ; de la
zeriga, composée de riz, de lait et de pistaches
pilées ; de la *shminka*, sorte de soupe faite avec des
tripes qui nagent dans un bouillon gluant.

Il y avait aussi des dorades au ventre bourré
d'herbes aromatiques et cuites au four ; des quanti-
tés de petits poissons frits dans l'huile, de grandes
jarres remplies d'olives noires confites. Des marchands promenaient sur une planche pendue à leur
cou des œufs durs, des *boutargues* de thon blanches
et longues, et des *boutargues* de mulet plus petites
et d'un jaune brun. La *boutargue*, qui est un mets
apprécié et appréciable, est la poche qui contient
les œufs du poisson ; on l'enduit de cire pour la
conserver.

Puis dans tous les coins, des monceaux de longues raves, des pyramides de pastèques, de melons
d'Hammamet, de courges, de citrouilles, de poti
rons : toute une exhibition de cucurbitacées. Les der-

nières tomates et les derniers poivrons achevaient
de rougir à côté des figues noires et blanches, des
raisins, des grenades qui commençaient à mûrir.

Les restaurateurs en plein vent débitaient des
kobbehs, boulettes de viande cuites à la vapeur et
trempées dans l'huile
bouillante ; puis du *pil-
lau*, riz au safran avec
des morceaux de pou-
let.

Mais c'étaient les bei-
gnets dorés qui sem-
blaient les plus appré-
ciés, ainsi que de lourdes
pâtisseries dont quel-
ques-unes étaient agré-
mentées de petits mor-
ceaux de papier d'or.
Des marchands armé-

Le marchand de beignets.

niens criaient le *rahilikoum* de Constantinople et le
nougat.

Le lait aigre avait peu de succès, le *raki* pas davantage, non plus, du reste, que la *boukhà*, eau-de-vie
des juifs faite avec des figues ; mais par contre, les
sirops, les limonades et le café avaient de nombreux
consommateurs.

Moktar n'avait jamais vu, ni même entendu parler
de tant de bonnes choses. Il était là, errant, flairant

d'une boutique à l'autre, n'osant pas se décider entre tant de mets inconnus.

Faut-il que tous ces gens-là soient riches ! pensait-il ; mais comme ce n'était pas son cas, il se contenta d'un œuf frit dans l'huile de ricin.

Après le régal du palais, ce fut le régal des yeux. Le jour baissait ; des maisons, des boutiques s'illuminaient ; des pétards, des fusées s'allumaient ; la mosquée était couverte de lampions ; dans les cafés-concerts les guitares et les tambours faisaient rage, accompagnant les contorsions des danseuses.

Moktar se crut dans le paradis de Mahomet, et il n'eut plus d'hésitation quand il vit un petit vieux à la peau basannée l'encenser par devant, par derrière, entre les jambes, avec un véritable encensoir dans lequel brûlait l'encens.

Mais à la fin de la cérémonie l'encenseur lui tendit la main. Moktar la lui serra cordialement, et suivant l'usage arabe, porta ensuite sa main à ses lèvres. Ce n'était pas ce qu'attendait notre bonhomme, qui gagne sa vie à encenser les gens et les choses sous prétexte de leur porter bonheur. Moktar voyant que la poignée de main ne lui suffisait pas, lui remit un *aspre*, monnaie qui vaut le quart d'un sou, et profita de l'occasion qui s'offrait à lui pour demander quelques explications, ce qu'il n'avait osé faire jusque-là.

Il apprit par l'encenseur qu'il était arrivé à Sousse un jour de grande fête. Le vendredi est le jour férié des Arabes ; les autres jours fériés sont le 1er *moha-rem,* premier jour de l'an en septembre, le 12 *moha-rem (achoura),* anniversaire du martyre de Hossein, petit-fils du Prophète, et le 12 *rabi,* jour de la naissance du Prophète, où l'on célèbre une fête nommée *Mouled.*

C'était à cette fête qu'assistait Moktar, et le lendemain devait avoir lieu une grande fantasia.

— Alors, ce n'est pas comme cela tous les jours ? dit Moktar.

L'encenseur lui tourna le dos en riant bruyamment et se précipita pour encenser la jambe trop courte d'un boiteux.

Espérons qu'elle allongera !

Comme il se faisait tard, Moktar chercha un abri pour la nuit. Il entra dans une vaste cour carrée remplie de fumier et d'immondices, entourée d'arcades couvertes en tuiles plates et vernissées de couleur verte.

A l'entrée il y avait d'un côté un petit café maure, de l'autre une vaste chambre garnie de nattes où déjà dormaient pêle-mêle un tas d'Arabes.

C'est ce qu'on nomme un *fondouk,* c'est l'auberge du pays ; on y loge les chevaux, les chameaux et les ânes, ou plutôt on les admet, moyennant rétribution, à séjourner dans l'enceinte. Les voyageurs font leur cuisine en plein vent au milieu de tous ces animaux.

On ne garantit pas contre les accidents.

Ce *fondouk* était particulièrement fréquenté par les gens du Mzab ou Mozabites qui sont presque tous colporteurs. Ils parcourent les petits marchés arabes, les assemblées, les fêtes religieuses pour vendre leurs marchandises ; ils aiment mieux cela que d'aller à domicile, c'est-à-dire dans les douars, car souvent il y a dans ce dernier cas entre les acheteurs et le vendeur des disputes qui se terminent par le pillage des marchandises et une bonne volée de coups de matraque, ce qui use la peau et ne remplit pas la caisse.

Moktar s'étendit sur une natte et dormit tranquille. Il ne craignait pas les voleurs.

Le lendemain il se mit à flâner à travers les rues tortueuses, étroites et sales de la capitale du Sahel.

Personne ne travaillait.

On écoutait les conteurs arabes qui dans les carrefours débitaient des histoires à dormir debout. Mais personne ne dormait, je vous assure ; les auditeurs n'en perdaient pas un mot, et toutes les fois que le narrateur invoquait Dieu ou prononçait le nom vénéré du prophète, tous inclinaient la tête en même temps que lui.

On allait voir Karagousse. C'est le polichinelle du pays ; il lui est permis de tout dire et de tout faire, même les choses les moins convenables ; mais ce qui intéressa Moktar au plus haut point, ce furent les *psylles* ou charmeurs de serpents. Ce sont des gens du Sud, souvent des Algériens de la tribu des Ouled

Naïl, des environs de Biskra. Après avoir frappé sur un tambourin pour attirer les curieux, ils débutent en se livrant à des contorsions de derviches hurleurs, puis se passent des clous à travers la cloison nasale.

Charmeurs de serpents.

Une fois leur nez ainsi lardé, ils prennent l'un une flûte, l'autre un tambourin, et se mettent à jouer pour calmer le serpent qu'on tire d'un sac en peau.

C'est presque toujours le *naâja*, ou serpent à lunettes ; il a un mètre, quelquefois un mètre cinquante de long, et porte sa paire de lunettes derrière la tête.

Cet animal est très redoutable. On prétend que le

charmeur lui arrache les dents, ou plutôt les crochets, mais on dit aussi qu'il a un contre-poison, antidote efficace, et ce n'est pas du luxe, car souvent le *naâja* s'élance sur lui et le mord cruellement. C'est du reste le moment palpitant qu'attendent les spectateurs. On dit alors que la représentation a été bonne.

Moktar n'eut pas le plaisir de voir le serpent crocheter dans la peau du charmeur, une cavalcade bizarre bouscula tout ce monde. Des musiciens grimpés sur des animaux piètres et mal harnachés, chevaux, ânes, mulets, exécutaient sur un rythme lent et monotone le plus abominable charivari qui se puisse entendre. Ils avaient des flûtes, des cymbales, une guitare, des derboukas, des tambours de basques, des tam-tam, enfin tout ce qu'il faut pour crever le tympan le plus solide.

C'était la *Nouba* qui se rendait à la fantasia. On m'a dit que Félicien David s'était inspiré de cette étrange musique pour composer le *Désert*, mais ce n'est pas lui qui me l'a dit.

La foule se précipitait derrière les musiciens, à la porte de la ville ; dans la plaine, des cavaliers venaient se masser autour d'un homme à haute stature, portant le burnous rouge éclatant brodé de vert, les deux couleurs du Prophète.

Seul, le caïd a le droit de porter ces insignes.

Il avait rassemblé en guerre, ou plutôt en simulacre de guerre, les cavaliers d'un *goum* ou tribu.

Les goumiers n'avaient pas d'uniformes. Ils portaient les longs éperons *chabirs* sans molettes, des demi-bottes entrant dans leurs souliers, des cartouchières en argent repoussé, des gibernes et leurs armes. Leurs selles avaient le haut dossier avec les fontes par devant et le poitrail, mais pas de croupières. Les brides se terminaient par le cruel mors *mameluk* qui a un anneau en guise de gourmette. Chaque cheval portait une amulette à la sous-gorge. Quelques-uns avaient couvert la croupe de leurs montures d'anciens tapis en soie, ou de vieilles bannières de mosquées.

Les drapeaux neufs étaient portés à la botte en étendards. Il y en avait de différentes couleurs: rouge, rose, vert, orange. Une boule ou un croissant terminait la hampe.

Le défilé commença aux sons de la *nouba* qui jouait l'hymne au bey.

Les goumiers faisaient cabrer leurs chevaux, et exécutaient des voltes aussi courtes que hardies.

Puis après le défilé vint la lutte. C'est une décharge générale des fusils, des pistolets, des tromblons. Les *flissas*, les *yatagans*, les *kandjars* sont mis au clair. Les cavaliers partent à toute bride en hurlant; c'est l'image de la guerre.

Grisés par le soleil, la musique, les cris, la poudre, le cheval, ils avaient l'air de fous. Plusieurs lancés

à toute vitesse s'abordèrent et furent rudement dé-
sarçonnés.

Comme on en rapportait un qui avait la poitrine
défoncée, Moktar entendit raconter dans la foule que
l'accident aurait bien pu ne pas être involontaire.

Ce qu'il y a de certain, c'est que parfois deux
hommes s'en veulent à mort ; d'un accord commun
et tacite, ils attendent la fantasia et dirigent leurs
montures l'une contre l'autre.

C'est le duel sport.

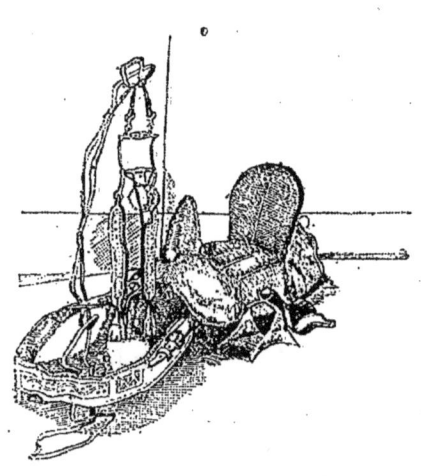

MOKTAR A LA RECHERCHE D'UNE POSITION
SOCIALE

CHAPITRE IV

La fête ne remplit ni le ventre, ni la bourse de Moktar.

Il s'agissait pour lui de trouver du travail, et cela d'autant plus vite qu'il était menacé d'être mis à la porte de son *fondouk* où il pouvait ramasser de temps en temps une vieille rave ou quelques épluchures de légumes, car de coucher à la belle étoile lui était assez égal. C'est chose habituelle aux Arabes et, soit dit en passant, la rosée du matin n'est pas très hygiénique, car on en rencontre une foule qui y gagnent des ophtalmies épouvantables.

Deux jours se passèrent pour Moktar en recherches inutiles. Ses cinq piastres fortement entamées pendant la fête avaient fondu comme beurre au soleil ; ses rêves de grandeur et de fortune s'étaient évanouis aussi.

Enfin il trouva à s'employer au rabais et provisoirement, moyennant une piastre par jour, dans une huilerie.

La fabrication de l'huile est une des spécialités de Sousse ; c'est d'ailleurs un produit de première nécessité pour les indigènes qui en font une grande consommation et l'apprécient d'autant plus que son goût de fruit est très prononcé.

Le rôle de Moktar se bornait à exciter un mulet tournant une roue qui écrasait l'olive dans une auge en pierre; il en sortait une pâte que d'autres ouvriers mettaient dans des *scourtins* (sacs d'alfa) qu'on pressait ensuite pour en faire sortir l'huile.

Ce genre de travail lui aurait plu beaucoup, d'autant qu'il n'était pas défendu de tremper ses doigts dans la pâte et de les lécher après; mais le titulaire de l'emploi, qui avait probablement trop fêté le Mouled, revint prendre son poste, et Moktar dut chercher ailleurs.

Il se présenta vainement dans d'autres huileries et dans des fabriques de savon.

Il crut avoir trouvé la fortune dans une foulonnerie où on lui promit deux piastres par jour s'il arrivait à peigner convenablement des *chechias*.

Ceci demande une explication : la *chechia*, qui est la seule coiffure en usage dans la Régence, est en feutre foulé et mis en forme pour en faire une calotte toute ronde, suivant la mode spéciale à la Tunisie; chez les Turcs et les Syriens, au contraire, elle est pointue et porte le nom de *fez*.

Pour égaliser les poils qui dépassent, on lisse avec un chardon. Il paraît que cet exercice demande une certaine dextérité, car au bout de la journée, comme Moktar avait cassé beaucoup de chardons et peigné très peu de *chechias*, on le mit à la porte.

Il ne resta pas plus longtemps dans une manufacture de cierges, industrie assez importante, car on s'en sert beaucoup dans les mosquées ; c'est l'usage

Le moulin à huile.

aussi d'en allumer dans les maisons les jours de fête, pour les naissances et les mariages.

Ils sont souvent à cinq branches en mémoire de la main de Fathma, la première épouse de Mahomet. Ce symbole est très fréquent chez les Arabes ; on voit une main aux doigts écartés sur les étoffes, sur le linge, même sur les voiles des navires. Quand on vient de bâtir une maison ou qu'on prend possession d'un immeuble, on égorge un chevreau, on trempe la main dans le sang et on l'applique sur la muraille blanche.

La main de Fathma conjure le mauvais sort, mais pas celui du pauvre Moktar, qui restait toujours aussi précaire, bien qu'il eût emballé pendant toute une journée des cierges à cinq branches.

Plus d'ouvrage, que faire ?

Il errait par la ville et c'était pour lui une bonne aubaine quand il rencontrait un enterrement; si le défunt était riche, il attrapait quelquefois un morceau de galette qu'on distribuait aux faméliques de son espèce.

Il n'allait pas être seul à jeûner, car le Rhamadan arriva sur ces entrefaites; c'est le carême des bons musulmans, il dure trente jours et, autre différence avec le nôtre, il n'a pas lieu à époque fixe et avance d'un mois tous les ans.

Pendant cette période de jeûne, les fidèles ne doivent ni manger, ni boire, ni fumer, depuis le lever jusqu'au coucher du soleil, mais la nuit ils ont toutes permissions et en usent largement. On assure que le Prophète n'a pas institué ce temps d'abstinence dans un but de mortification; devant convertir les païens à la foi nouvelle par la conquête, il a voulu endurcir son peuple par les privations et le rendre capable de supporter les fatigues de la guerre. Ce moyen est surtout efficace l'été, où, en dépit d'une

soif ardente, il est défendu d'avaler même une
goutte d'eau. Malgré des souffrances intolérables, les
fidèles n'enfreignent pas la loi, et l'on en voit qui,
pour se procurer un soulagement permis, se trem-
pent les pieds dans l'eau pour tout rafraîchissement.
Aussi la vie sociale est-elle à peu près interrompue,

Un enterrement arabe.

et il faut un impérieux besoin pour forcer les indigènes à travailler.

Dans les villes, le moment où il est permis de
rompre le jeûne est annoncé par un coup de canon ;
un immense soupir de soulagement s'échappe
alors de toutes les poitrines. Un peu avant, on peut
voir la foule groupée sur les places, attendant
anxieusement le signal tant désiré ; quelques-uns
sont même tellement pressés, qu'ils tiennent un

verre d'eau d'une main, une cigarette toute roulée de
l'autre ; mais les plus impatients sont les priseurs.

Dans les campagnes, où l'artillerie fait défaut, la
nuit et le jour commencent et finissent à l'instant où,
suivant l'expression de Mahomet, l'œil ne distingue
plus un fil blanc d'un fil noir.

Une grande fête se célèbre le vingt-septième jour
du Rhamadan en mémoire des révélations du Prophète qui ont formé le Coran; mais tous les jours des
prédications ont lieu dans les mosquées, et pendant
ce temps spécialement consacré à la prière les diverses
confréries religieuses ou *djemmaâs* accomplissent
plus particulièrement leurs rites.

Elles sont fort nombreuses; la plus célèbre est
celle des *Aïssaouas*, sectateurs d'Aïssa. Ce sont eux
qui, après s'être fortement hypnotisés, se livrent à tant
d'exercices dangereux. Au cours de leurs séances,
après des contorsions bizarres accompagnées de cris
rauques, ils arrivent à avaler des clous et à manger du
verre pilé; le torse nu, ils se roulent sur les piquants
des raquettes des figuiers de Barbarie et se désal-
tèrent avec de l'huile bouillante. Ils ont des noms
particuliers ; ceux par exemple qui mangent les
feuilles du cactus s'appellent *djemels* (chameaux), par
allusion à cet animal qui les broute. Le lendemain de
ces séances étranges, ils retournent à leurs occupa-
tions, comme si rien ne s'était passé.

Les *djemmaâs* font en l'honneur du *Rhamadan*

beaucoup de charités ; Moktar fut largement secouru
par elles, et pendant ce temps d'abstinence pour les
autres, nagea relativement dans l'abondance.

Les confréries comme aussi les séminaires musulmans, les mosquées, les *zaouïas* ou petites cha-
pelles ont des revenus parfois considérables qui

Le port de Sousse.

proviennent de biens laissés par des fidèles, dont la
piété était souvent stimulée d'ailleurs par la crainte
d'être dépouillés de leur vivant de ce qu'ils possé-
daient, ainsi que nous allons le voir.

Les beys avaient le domaine éminent ; ils étaient
maîtres de l'air, de la terre et de l'eau, tout était à
eux dans leur royaume.

Une propriété leur faisait-elle envie, ils ne la con-
fisquaient pas, ils étaient trop bien élevés pour cela ;
mais ils exprimaient le désir de la posséder, et le

résultat était le même ; le propriétaire s'en dépouil-
lait immédiatement. Qui donc eût été assez fort
pour résister à un souhait du souverain ?

On raconte même que lorsqu'un bey était amateur
de beaux chevaux, on était sûr de voir ses visiteurs
montés sur des rosses ; ils évitaient ainsi cette
phrase : « Tiens, vous avez là une jolie bête, » manière
gracieuse et détournée de dire : « je la prends. »

Mais comme certains sujets des beys avaient un
amour immodéré des biens de ce monde, ils eurent
recours à un truc religieux autant qu'ingénieux.

Ils immobilisèrent leurs biens au profit d'un établissement voué au culte ou d'une fondation pieuse,
qui ne devait d'ailleurs en percevoir les revenus
qu'après non seulement leur mort, mais.... l'extinc-
tion de toute leur descendance.

Ces biens étaient dits *habous*, ils ne pouvaient
plus appartenir au bey, puisqu'ils étaient à Dieu, le
meilleur des héritiers, comme disent les actes, et les
propriétaires vivaient tranquilles et décédaient avec
une grande réputation de piété.

Double avantage qui fut vite apprécié par nombre
de gens qui *habousèrent* leurs propriétés, dont les
revenus ont fini, à la longue, par être affectés à leur
pieuse destination.

Moktar, qui n'avait rien à *habouser*, songeait sé-
rieusement à retourner à Métouïa, quand une circonstance inattendue l'appela sur le port.

Un brik norvégien venait d'apporter une cargaison
de glace. Le droit de douane était alors uniformé-
ment fixé à douze pour cent de la valeur des produits importés dans la Régence.

Comme la glace était chose fort rare à Sousse, les
agents du fisc lui attribuèrent un prix si exagéré, que
mieux valait pour le capitaine la jeter pour rafraîchir la
mer que d'acquitter les droits. Il eut alors une idée
tellement géniale que la douane s'empressa de l'adop-
ter : c'était, puisqu'on ne pouvait s'entendre sur le
prix de la glace, de lui livrer les douze centièmes de
la cargaison.

Aussitôt dit, aussitôt fait, et voilà les marins qui
mettent la marchandise sur le quai en plein soleil et
les intelligents douaniers fort embarrassés, obligés
de vendre à vil prix cette manne glacée qui fondait à
grande vitesse.

Moktar gagna à ce métier non seulement beaucoup de fraîcheur et quelques sous, mais encore de
faire la connaissance d'un noble étranger dont les
manières distinguées le séduisirent tout de suite.

LA PÊCHE DU CORAIL

CHAPITRE V

LA PÊCHE DU CORAIL

C'était le capitaine Gregorio de Torre del Greco, commandant le *Santopola,* la plus jolie tartane, à l'entendre, de la baie de Naples, mais à la vérité la plus rapiécée et la plus rafistolée.

Il avait beau enluminer ce vieux sabot d'un vermillon éclatant, recoudre ses voiles et recouvrir son étrave d'une peau de mouton toute neuve, les marins ne s'y laissaient pas prendre. Il armait tous les ans pour se livrer à la triple pêche du corail, des éponges et du poulpe, et cela seulement pendant la belle saison pour deux motifs, le premier, c'est qu'il ne pouvait opérer que par une mer calme, et le second, c'est que la belle tartane était hors d'état de résister au gros temps d'hiver.

Et c'était chaque année de nouvelles difficultés pour recruter son équipage.

Il fallait entendre pérorer le capitaine Grégorio dans les *trattorie* de Torre del Greco, racontant avec une faconde inépuisable des pêches d'éponges invraisemblables, obligé... d'en jeter la moitié à la mer, tant étaient riches les bas-fonds qu'il exploitait et qu'il était seul à connaître.

Et le dernier banc de corail qu'il avait découvert !

Si j'en avais... le quart seulement, criait-il, toutes les boutiques du quai de Santa-Lucia ne seraient pas assez grandes pour le contenir ; et puis, il n'est pas rouge comme celui que vous voyez partout, il est rose... comme l'aile d'un flamant et gros... que c'est à peine croyable !

Tenez, j'en ai rapporté un morceau qui, tout taillé, était comme un œuf. Pas un marchand n'a été assez riche pour me l'acheter...

Je l'ai offert à la reine... Allez lui demander ! Et... à la santé de notre gracieuse souveraine... car il savait par expérience que ces belles paroles ne suffisaient pas, et on voyait défiler les *fiaschi* de Chianti, de Barolo, de Monte-Cumano et les fioles de Maraschino di Pola.

Un novice s'y laissait quelquefois prendre et finissait par signer son engagement; dès qu'il en avait ramassé quatre, Gregorio partait pour les côtes de la Régence où il embauchait des Arabes pour son équipage de pêche.

Moktar lui parut assez naïf pour être persuadé facilement.

Il lui frappa sur l'épaule et entama la conversation dans le jargon mi-partie italien et arabe qu'on appelle le *sabir*.

— Eh bien ! mon lascar, tu voudrais embarquer ?

— Moi, pas du tout, dit Moktar.

— Ah ! c'est que je te voyais regarder les bâtiments qui sont dans le port, reprit le marin. Celui que tu vois là-bas est un navire grec, un sacolève ; mais le capitaine Basileus m'a dit ce matin qu'il n'avait plus

La tartane « Santopola ».

besoin de personne, et puis, vois-tu, ces bateaux-là à poupe remontée, malgré leur voilure de brik, ça ne marche pas... et une nourriture d'un serré... rien que du poisson sec ; tu sais, on finit par s'en fatiguer. Je comprends le poisson, mais accompagné de bonnes pâtes, de *spaghettis*, de *lazagnes ;* à mon bord, j'ai toujours de la semoule fraîche pour faire les *canelonis*, les *raviolis*, les *gnocchis*, sans compter les fromages de chèvre qui viennent en droite ligne de Sardaigne.

Moktar, dont l'estomac criait misère, claquait du bec en écoutant ce récit.

Gregorio s'en aperçut et continua :

— Du reste, je n'ai relâché ici que pour acheter des poulets et du mouton ; comme on n'a pas grand'chose à faire à bord, on mange, ça distrait.

— C'est plus qu'une distraction, soupira Moktar.

— Allons, bon appétit, mon garçon, et le capitaine continua à faire les cent pas, en sifflotant, les mains derrière le dos.

Cinq minutes après, c'était Moktar qui l'abordait à son tour :

— Alors, tu aimes à naviguer, lui dit-il, pour reprendre la conversation ?

— Oui, bon métier, pas de peine, beaucoup de profits, la pêche est un amusement et l'on voit du pays.

— Tu es matelot, interrogea Moktar ?

— Moi, dit Gregorio en se rengorgeant, je suis capitaine ! Je commande le *Santopola*, ce beau navire que tu vois là dormir sur ses ancres.

— Alors tu veux m'embarquer ? dit l'autre.

Le capitaine secoua la tête :

— Pas possible, j'ai déjà autant de monde qu'il m'en faut, et à quoi me servirais-tu ? Est-ce que tu as navigué ?

— Jamais, répondit Moktar ; mais il insista tant, se

rappelant ses jeûnes forcés, hanté aussi par les mysté-
rieuses légendes de Sinbad le marin, connues de
presque tous les Arabes, que Gregorio se montra
bon prince et finit par l'engager au rabais, sous la
condition expresse qu'il apprendrait à nager, chose
indispensable dans le métier de corailleur.

Pour sceller l'engagement, Gregorio remit à Moktar
une ceinture en cuir ornée
d'un gros poisson de cui-
vre ; c'était là tout l'uniforme de l'équipage arabe
du *Santopola*.

Un autre indigène fut
racolé et, le soir même,
l'ancre levée, la tartane
fila vent arrière vers les
iles Kerkennah.

Ces iles situées par le
travers de Sfax sont à

Le capitaine Gregorio.

vingt milles de la côte ; elles se composent de trois
ilots, *Kerkennah*, *Mellita* et *Koucha*, et sont assez peuplées, puisqu'elles comptent huit mille cinq cents habitants. On y cultive toutes sortes d'arbres fruitiers,
et en particulier l'amandier et le pistachier ; c'est là
que se recrutaient les matelots de la flotte beylicale.

Ce qui les rend curieuses, c'est que la côte est si
plate qu'elle semble à peine émerger de la mer. Le
chenal qui les sépare du continent a très peu de

fonds, danger grave pour les navigateurs, compensé
par la richesse extraordinaire de la faune aquatique.
Aussi le *Santopola* trouva-t-il en arrivant une
nombreuse flottille de pêche.

— *Corpo di Bacco*, hurla le capitaine, j'ai été
trahi ; ils ont trouvé mon banc de corail !

Notez que depuis vingt ans il fréquentait les mêmes
parages, et les membrures de sa tartane auraient pu
en témoigner.

Moktar fut attelé à un aviron et invité à caresser
la mer d'une main ferme, ce que le capitaine appelait
faucher le grand pré. On tira les grappins du fond
de la cale ; ce sont des crocs emmanchés au bout
d'une longue perche, les uns à quatre, les autres à
deux dents, avec lesquels on gratte les roches pour
en détacher les coraux. Mais soit que le grattage eût
déjà été pratiqué, ou que le zoophyte ennuyé d'être
gratté eût déménagé, on ne retirait rien. On sus-
pendit alors au croc un filet de fer pour draguer ; à
la fin de la journée on avait recueilli quelques
éponges, mais pas trace de corail.

Le capitaine déclara qu'on irait voir un peu ce qu'il
y avait au fond de cette mer !

D'habitude, pour prospecter les fonds on se sert
du scaphandre, mais à bord du *Santopola* on n'a-
vait pas de ces délicatesses ; le plongeur était libre.

A cheval sur un cône en plomb de la forme d'un
pain de sucre, le pied gauche dans un étrier en gre-

lin, le bras droit noué à la corde d'appel, le plongeur
était immergé et, grâce au palan d'une vergue, retiré
avant suffocation complète. C'est de cette façon que
Moktar prit son premier bain ; il en a gardé un souvenir inoubliable.

Le canot de pêche du « Santopola ».

Au bout de quelques jours de ces exercices, il plon-
geait comme un grèbe et nageait comme un marsouin.

Cependant le profit était mince et le capitaine
Gregorio ne récoltait que de petits fragments bons
tout au plus à faire des breloques de montre pour les
Italiens qui craignent le mauvais œil.

Faute de corail, on pêcha des poulpes. Ces im-
mondes mollusques que les savants décorent du nom
de céphalopodes atteignent dans les eaux tuni-
siennes une grosseur dont on aura idée, lorsque
nous aurons dit que leurs tentacules ont cinquante
à soixante centimètres de long ; on les prenait avec

des épuisettes, et après les avoir détaillés par tranches, on les salait et on les faisait sécher. Bientôt le tillac en fut encombré. Malgré son aspect peu engageant, le poulpe séché est l'objet d'un commerce assez important avec l'Illyrie et la Crète qui le consomment pendant les longs carêmes de l'Église orthodoxe.

Entre temps, on pêchait pour la nourriture de l'équipage des poissons de toutes sortes : la *bonite* à la chair délicate, le *roucas* aux brillantes couleurs, l'*ombrine*, le *méro*, la curieuse *murène* tigrée comme une vipère qui se jette hors du filet pour mordre le pêcheur.

— *Il pesce spada !* cria un jour le pilote du haut de la dunette.

— Bravo, dit le capitaine, les thons ne sont pas loin.

Le *pesce spada*, en français espadon ou poisson-épée, est un cétacé qui est le mortel ennemi des thons ; lorsque voyageant en troupes, ils sentent son voisinage, la confusion se met dans les rangs, ils remontent à la surface et deviennent une proie assez facile pour le pêcheur. C'est ce qu'avait prévu le capitaine et c'est ce qui arriva ; les matelots harponnèrent une demi-douzaine de ces animaux dont le plus petit avait un mètre cinquante de long. Le premier soin fut de les éventrer, de retirer les œufs dont on fait la boutargue et de les saler.

On mit immédiatement le cap sur Sousse pour

réaliser cette bonne aubaine, et le capitaine dans sa joie permit à l'équipage une petite débauche : un foie de thon braisé, arrosé de vin de Marsala, renforça le menu du jour.

Il sortit même de ce qu'il appelait pompeusement sa cabine, une fiole de *raki* de Chio, sa liqueur préférée. Le *raki*, qu'on appelle aussi mastic, est une sorte d'anisette qui, mélangée à l'eau, forme un précipité blanc pareil à du lait de chaux. Gregorio voulut à toute force en faire avaler à Moktar qui, fidèle observateur du Coran, refusait obstinément.

— Tais-toi donc avec ton Prophète, disait l'Italien; il n'a pas pu interdire le *raki*, il n'était pas connu de son temps !

Le digne capitaine s'en servait, lui, indistinctement comme apéritif et comme digestif, tant et si bien qu'il fut bientôt gris, au point d'enlever la barre au pilote sous prétexte que ce dernier était ivre.

Aucune supplication ne put empêcher cet ivrogne de s'engager dans une passe étroite et dangereuse entre le rocher de Dahar et la côte de Monastir. Les effets de cette heureuse direction ne tardèrent pas à se faire sentir.

La tartane filait grand largue quand une forte secousse ébranla le bâtiment. Le *Santopola* venait de talonner.

— Nous touchons sur un banc d'éponges, cria Gregorio ?

— Éponge toi-même, riposta le pilote.

Aux pompes !

Il était bien question de pomper ; le bateau, le nez piqué dans la vase, faisait eau par toutes ses coutures.

A l'eau, se dit Moktar ; et sans se préoccuper des camarades, il nagea vigoureusement vers la côte. Une heure après, il reconnaissait les avantages de la terre ferme.

Une ceinture ornée d'un gros poisson de cuivre... voilà tout ce qu'il rapportait de sa campagne à bord du *Santopola*, capitaine Gregorio de Torre del Greco !

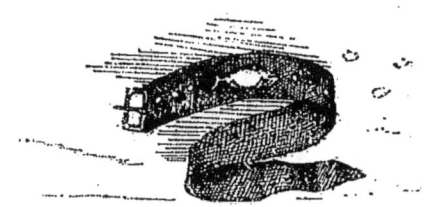

KAIROUAN LA VILLE SAINTE

CHAPITRE VI

KAIROUAN LA VILLE SAINTE

Moktar avait touché terre près de Monastir. Il s'endormit sur le rivage épuisé de fatigue et se réveilla couché dans un lit, si on peut donner ce nom à un tréteau en planches garni d'une couverture et de nombreux petits coussins.

On l'avait transporté chez Ahmed el Djerbi, un Arabe riche et charitable qui fit mander immédiatement le *toubib* ou médecin.

C'était un vieux praticien syrien fort expert dans son art.

On lui raconta qu'on avait trouvé Moktar complètement nu, étendu sur la grève, rôti par un soleil ardent, et il diagnostiqua de suite qu'un bain trop prolongé suivi d'une insolation avait déterminé une fièvre violente.

Il hocha la tête d'un air entendu, prescrivit d'entonner au malade du lait aigre coupé d'eau, autant et plus qu'il n'en voudrait, et sortit pour aller, vu la gravité du cas, consulter ses livres.

Ce qui donne aux Syriens une grande réputation comme médecins et leur vaut en général le titre de *talebs* (savants), c'est que tous les anciens livres, notamment ceux de l'école de Bagdad, sont écrits en langue littéraire qui diffère autant des autres dialectes que le patois du français de l'Académie.

Le *toubib* revint escorté d'un Arabe portant un grand sac en peau bourré d'aromates. Prendre Moktar et le fourrer dedans, malgré ses protestations, lui ficeler le sac autour du cou, fut l'affaire d'une minute.

Le portefaix qui faisait pour l'instant l'office d'interne chargea le colis dans sa hotte d'alfa et le déposa dans l'étuve la plus chaude d'un Hammam. La cuisson dura dix minutes.

Le patient fut alors rapporté dans son lit à l'état de masse inerte ; le *toubib* déclara qu'il n'avait plus besoin de ses soins, et que dans vingt-quatre heures il serait sur pied.

La robuste constitution de Moktar triompha de la médication indigène, et son hôte resta sous le coup d'une profonde admiration.

Ahmed était négociant et trafiquait des produits de l'île de Djerba d'où son surnom d'el Djerbi. Il pratiquait la philanthropie en fervent musulman. Aussi dès que son protégé lui eut raconté son histoire, lui conseilla-t-il d'aller en pèlerinage à Kairouan, qui ne se trouve qu'à deux journées de marche de Monastir.

— Va d'abord, lui dit-il, remercier Allah à la mosquée des Ancres ; c'est le lieu de prières des

marins. Visite aussi la mosquée des Sabres et celle
du Saïd. A Kairouan, se trouve le tombeau de Sidi
Sahab, le barbier du Prophète ; c'est la ville sainte
des vrais croyants de la Régence, la cité aux vingt-six
mosquées et aux cinquante-cinq *zaouïas*.

Prends ce *caban* et cette *chechia* ; je te les donne

Arrosage chez les Arabes.

en mémoire du Prophète, garde-les en mémoire de
moi et que Dieu te conduise !

Moktar quitta Monastir en bénissant cet homme
généreux ; il se dirigea vers Sidi el Hani qui devait
être sa première étape sur la route de Kairouan.

La piste s'étendait au milieu d'une des régions
les mieux cultivées de la Tunisie. Il traversa des
champs de maïs, des plants d'amandiers, des vignes
où se récolte le *Beldi* et le muscat royal qui ne servent pas à la fabrication du vin, mais se consomment comme raisins de table.

Pour combattre la sécheresse, on irriguait tous ces produits au moyen de ce que les indigènes appellent un *delo*. C'est un seau en cuir de bouc qu'on laisse plonger dans le puits et que fait remonter la traction d'un cheval. Ce qui indiquait la richesse de cette parti du Sahel, c'est que les paysans ou *fellahs* avaient remplacé les *gourbis* par des maisonnettes soigneusement blanchies tous les ans.

Au pied d'un olivier, sur le bord de la piste, un vieillard accroupi entre deux jarres d'eau offrait à boire au passant altéré. Ces rafraîchissements sont gratuits. Pensant aux souffrances des voyageurs assoiffés, qu'ils ont peut-être endurées eux-mêmes, des indigènes bienfaisants ont laissé une rente suffisante pour assurer à perpétuité ces fondations pieuses, et l'on rencontre assez fréquemment sur les routes de la Tunisie ces haltes hospitalières.

Moktar s'y reposait lorsqu'un cavalier en burnous bleu vint s'arrêter à son tour. Au sac de cuir qu'il portait en bandoulière on reconnaissait un *zaptié*, un de ces courriers qui, tant bien que mal, transportent la poste beylicale. Il descendit de cheval, et pour faire tenir sa monture en repos, l'enrêna étroitement en attachant ses guides à l'arçon.

Peu de temps après, il se remettait en selle et Moktar le suivait, lorsque son attention fut attirée par une curieuse rencontre.

C'était un homme qui ne portait pour tout vête-

ment qu'une ceinture ; il avait le crâne nu et rasé,
à l'exception de cette touffe de cheveux qu'on appelle
le mahomet et qui doit servir au Prophète pour
porter au Paradis la tête de ceux qui ont eu le chef
tranché. Il allait et venait, se baissant fréquemment
pour ramasser des pierres qu'il examinait un instant d'un œil hagard, puis qu'il cachait précieuse-
ment dans le lambeau qui lui servait de ceinture.

— Le saint! exclama le *zaptié*, en se retournant sur
sa selle. Il y a longtemps que j'accomplis le même
trajet et toujours ce fou est là, recueillant des cail-
loux. C'est un ancien orpailleur, qui a été frappé d'insolation ; il croit ramasser des lingots d'or.

— Personne ne lui fait donc de mal ? interrogea
Moktar.

— Au contraire, on le nourrit. « Tiens pour saints
les fous, dit le Coran, sinon, sois maudit. »

Puis le *zaptié* enfonça ses longs éperons dans les
flancs de sa maigre rosse qui prit l'amble, allure
familière aux chevaux arabes pour de longues
courses. Malgré l'exiguïté de sa solde, 60 piastres par
mois, un peu plus de 36 fr., on exigeait encore de lui
de l'exactitude et une célérité relative.

N'entrait pas alors qui voulait à Kairouan, et Moktar
en eut la preuve, car au moment où il arrivait à la
porte de la ville, un Européen essayait vainement
d'y pénétrer.

De même qu'on forçait l'infidèle, le *roumi*, à mettre

pied à terre, quand il passait devant une mosquée, de même on lui interdisait formellement l'entrée de la Ville Sainte.

Le roumi en question, qui n'était autre qu'un Français, s'escrimait en mauvais arabe et cherchait à faire comprendre qu'il n'avait aucune idée sacrilège, et venait simplement visiter la ville et y faire quelques achats.

Mais ce fut en pure perte. Il gagna en maugréant un *fondouk* que lui indiqua d'un geste le gardien de la porte.

Moktar, qui avait assisté à cette scène, y suivit le roumi, l'aida complaisamment à descendre et s'offrit pour faire ses commissions.

Repoussé d'abord, il revint à la charge, raconta son histoire, ses infortunes, et finit par, sinon intéresser, du moins fatiguer le Français, qui lui confia quelques piastres pour acheter une bride.

La sellerie est une des spécialités de Kairouan ; on y fait aussi le maroquin souple et jaune qui sert à la confection des babouches ; mais l'industrie kairouannaise la plus renommée est celle des tapis qui rappellent ceux du Daghestan.

Moktar entra dans la ville et se rendit tout de suite à la mosquée des Ancres pour remercier Dieu de l'avoir sauvé du naufrage du *Santopola*, car l'Arabe est plutôt résigné que fataliste, et il est très heureux, quoi qu'on en dise, de se tirer d'un mauvais pas.

Il visita ensuite la mosquée des Sabres, ainsi nommée à cause du grand nombre d'armes qui en décorent les murs, trophées pris soit aux chrétiens, soit aux hérétiques ; puis enfin il alla hors la ville admirer le vaste monument où est le tombeau du barbier du Prophète.

Les mosquées sont plus ou moins riches, mais elles se ressemblent presque toutes. Elles sont de forme ronde ou octogone, surmontées d'une coupole percée d'ouvertures garnies de verres de couleur. Sur les murs, des versets du Coran sont gravés sur des plaques de marbre ou peints sur des planchettes. Les étendards sacrés qu'on sort pour prêcher la guerre sainte ou pour recevoir les pèlerins de la Mecque ornent les piliers.

Moktar en prière.

Au plafond sont suspendus des œufs d'autruche, des lampes et des lanternes. On ne voit jamais dans les mosquées de dessins d'hommes ou d'animaux. Avant la venue de Mahomet, les Arabes étaient païens et le Prophète, pour les détourner des idoles, a interdit la reproduction des êtres animés et à surtout prohibé les statues, parce que, dit-il, elles donnent de l'ombre.

Le sol est recouvert de nattes, utile précaution si l'on songe à l'obligation de retirer ses chaussures. Mais les dévots plus délicats apportent avec eux des tapis de prière, de la longueur d'un homme, dont les arabesques sont nuancées de façon à indiquer la place des mains et du front du fidèle prosterné.

Au centre de la mosquée s'élève une petite chaire en bois de cèdre ou de thuya qui sert à l'*iman* lorsqu'il veut réciter des prières ou expliquer la *sounna*. C'est la loi traditionnelle dont les éléments ont été recueillis sur le témoignage des contemporains de Mahomet, ceux qui ont vécu avec lui, ou qui l'ont vu au moins une fois. Ces éléments sont les paroles, les actes et même le silence approbatif du Prophète.

La chaire est occupée parfois par des missionnaires mecquois, qui viennent réchauffer le zèle des fidèles. Ils portent la robe longue en cachemire, souvent bariolée, toujours de couleur voyante. Quoique Mahomet n'ait pas consacré de jour de la semaine au service de Dieu, il a plus spécialement désigné le vendredi pour se livrer aux exercices de piété.

Ce jour-là, les musulmans fervents viennent faire leurs ablutions dans le grand bassin qui se trouve à l'entrée de toutes les mosquées.

A Kairouan, ces vasques sont alimentées par le puits de Barrouta et le bassin des Aglabites, citernes assez vastes pour ne jamais tarir même dans les années de sécheresse, telles que celle qu'on traversait.

Un vénérable marabout se tenait dans l'eau depuis trente jours pour obtenir la pluie ; mais le ciel restait sourd à ce bain de pieds prolongé.

La mosquée n'est d'ailleurs pas seulement un temple, c'est aussi une école.

Dans sa vaste enceinte se trouvent des *medraças*, sortes de séminaires où logent les jeunes gens qui

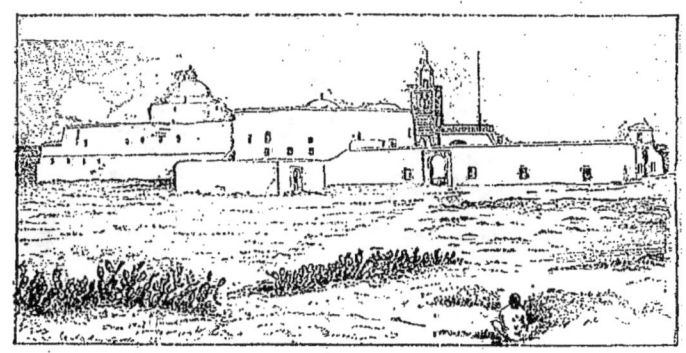

La mosquée du Barbier à Kairouan.

se destinent à devenir *imans* ou à embrasser toute autre profession libérale, car droit et littérature, tout découle de l'interprétation des textes sacrés.

Les biens *habbous* servent à l'entretien de ces étudiants peu riches généralement, comme aussi à la *tekkia*, synonyme d'assistance publique, qui fait préparer chaque jour un copieux *couscouss* pour les pèlerins indigents.

Moktar n'eut garde de manquer cette occasion d'émarger au budget des *habbous*.

Il s'acquitta ensuite de la commission dont le

Français l'avait chargé et revint le trouver au *fon-douk*. Celui-ci, tenté par le bas prix qu'on en demandait à cause de la sécheresse, venait d'acheter aux enchères deux chevaux et un bourricot que promenait un crieur public.

Moktar obtint de les conduire et on se mit tout de suite en route.

UN COLON FRANÇAIS A ZAGHOUAN

CHAPITRE VII

UN COLON FRANÇAIS A ZAGHOUAN

Le Français qu'il accompagnait se nommait
M. Gérigné.

Il était venu en Tunisie pour exploiter l'alfa sur
les contreforts des montagnes de Zaghouan. Séduit
par la beauté du site, il avait acquis une grande propriété à titre d'*enzel*. C'est une disposition particulière au droit tunisien qui permet d'acquérir un immeuble sans le payer comptant, moyennant une
redevance annuelle nommée *enzel*. Faute de l'acquitter, la terre revient au vendeur. Mais l'acheteur
peut devenir propriétaire définitif en versant le montant de seize annuités.

L'*enchir*, c'est ainsi qu'on appelle un grand
domaine, comprenait cinquante *méchias* de terres
fertiles, jadis très productives sous les Romains, mais
depuis longtemps, faute de culture, envahies par
d'épaisses broussailles de lentisques, d'oliviers et de
caroubiers sauvages.

Il était situé près de la petite ville de Zaghouan,
abrité des vents chauds par les montagnes ; en face
s'étendait une immense plaine.

La position était superbe ; mais ce qui la rendait particulièrement avantageuse, c'était le voisinage de l'eau.

Ce sont en effet les sources de Zaghouan qui alimentaient autrefois Carthage d'eau potable. Un immense aqueduc de soixante kilomètres, dont on voit encore les ruines, avait été construit par les Carthaginois et restauré par les Romains. Sous le règne du bey Ahmed, on reprit cette idée, et grâce à l'invention du siphon, ignoré des anciens, on fit une conduite plus économique et moins longue qui fournit actuellement Tunis et la Goulette. Des abreuvoirs ont été pratiqués de distance en distance pour l'usage des riverains.

Dans l'*enchir* Shérif, M. Gérigné avait trouvé un *bordj* en ruines, ancienne résidence d'un chef arabe. Il n'en restait plus que les quatre murs d'enceinte, formant un carré de soixante mètres de côté.

Il avait édifié au centre un bâtiment omnibus qui lui servait à abriter son alfa, son personnel et lui-même.

L'alfa pousse sans culture le long des pentes du Bou-Gabrin, le pic le plus élevé de la chaîne de Zaghouan. Tout le travail consiste à le couper et à le mettre en bottes pressées. On l'emploie en Afrique pour la sparterie, et on l'exporte pour en faire de la pâte à papier.

Ce travail n'est guère compliqué, et le besoin d'une

école-professionnelle d'alfatiers ne s'est pas encore
fait sentir.

Ce n'était pourtant pas l'avis de l'Espagnol Alvaro
Contreras, ancien coupeur d'alfa dans la province
d'Oran, qui s'intitulait sans vergogne chef technique
de l'exploitation.

Un laboureur sicilien et une cuisinière maltaise

Le bordj de l'*enchir* Shérif.

complétaient un personnel aussi cosmopolite que
mal stylé.

Dame Séraphine, c'était le nom de la gouvernante,
était laide, vieille, aigre. Elle récriminait à journée
entière contre le passé, le présent et l'avenir.
Venue de bonne heure de Malte en Algérie, elle était
veuve d'un instituteur, et la misère l'avait fait
échouer dans la cuisine de l'*enchir* Shérif, où les
vivres faisaient souvent défaut. C'étaient alors sur ce
maudit pays, où l'on n'avait seulement pas de pain

frais tous les huit jours, des lamentations, entremê-
lées d'évocations absolument intempestives des splen-
deurs du marché de Bône qu'elle fréquentait autrefois.

La société des rustres avec lesquels elle vivait
l'horripilait ; elle s'en dédommageait sur M. Gérigné,
qui devait subir quotidiennement le panégyrique de
feu monsieur l'instituteur.

Quand il arriva de Kairouan trempé par la première pluie d'hiver, et lorsqu'il pleut là-bas, ce n'est
pas par gouttes, c'est par baquets, dame Séraphine
commença par bougonner ; mais elle éclata quand
elle apprit que la maison allait s'augmenter d'un sale
Arbico.

En effet, M. Gérigné ayant trouvé Moktar intelli-
gent, s'était décidé à le garder. Il lui confia le soin
des chèvres.

Autour du bordj, le colon avait planté des frênes,
des mûriers et des eucalyptus. Des trembles profi-
taient du voisinage du puits qui servait à arroser le
jardin. A droite et à gauche de grands carrés d'a-
mandiers, protégés par des haies de cactus, commençaient à rapporter. Malgré la difficulté du défrichement, plusieurs *méchias* avaient été ensemencées, et
le blé, l'orge et les fèves remplaçaient la broussaille.
On nomme *méchia* une superficie d'environ 10 hec-
tares ; c'est la mesure agraire du pays, et les indigènes disent qu'elle comprend l'espace qu'une paire

de bœufs et un homme peuvent labourer en temps utile, c'est-à-dire pendant les premières pluies, car dans une contrée où l'été se passe souvent sans une goutte d'eau, la saison propice aux semailles est très courte.

Le reste du domaine servait, en attendant sa mise en culture, à faire pâturer le bétail qui, grâce à l'ombrage des lentisques, trouvait de l'herbe toute l'année. Aussi lorsque le soleil avait desséché les pâturages, et tari les *oueds*, M. Gérigné profitait de la baisse pour acheter un troupeau qu'il revendait à l'entrée de l'hiver, après l'avoir empêché de crever pendant l'été.

De plus, il avait à demeure un troupeau de chèvres dont le produit était assez rémunérateur, non seulement à cause de la vente des chevreaux, mais aussi à cause de la tonte des bêtes dont les Arabes tissent le poil.

Moktar, comme nous l'avons dit, fit ses débuts en qualité de chevrier, et commença par garder le troupeau. Puis il monta en grade, et fut chargé de la fabrication des fromages qu'il vendait à Zaghouan. Des chèvres il passa aux bœufs ; c'était encore un avancement, et il finit par devenir l'intendant, l'*oukil*. Ses fonctions, pour n'être pas définies, n'en étaient pas moins multiples.

Il était à la fois jardinier, boulanger, courrier, maître d'hôtel, garde et chasseur.

Ce n'était pas là sa moindre occupation, car il fallait purger le pays des chacals et des lynxs, grands amateurs de chevreaux, et approvisionner le garde-manger.

Le sanglier est très commun dans le massif montagneux de Zaghouan, et il arrivait souvent qu'il en rapportât deux ou trois après une nuit d'affût.

Le lièvre n'est pas rare, mais le lapin est inconnu.

L'hiver amenait les poules de Carthage, qui ne sont autres que les petites outardes, les vanneaux, les pluviers et les bécasses. Au printemps, les grives et les cailles fournissaient le rôti.

Pendant l'été, Moktar tuait des tourterelles, des cailles bédouines qui ne quittent pas le pays, mais surtout des bartavelles qui abondent. Pendant les grandes chaleurs elles descendent de la montagne pour chercher l'eau, et c'est le meilleur moment pour les approcher.

Ce n'est certes pas le meilleur pour les manger, et Moktar avait beau les vider, et leur bourrer le ventre de feuilles de romarin en guise d'antiseptique, dame Séraphine était forcée de les faire cuire avec force tomates et piments pour les rendre acceptables. Elle ne manquait pas d'ailleurs d'en rendre responsable Moktar qu'elle n'avait jamais pu digérer.

C'est ainsi qu'il passa quatre années fort heureuses dans l'*enchir* Shérif, et il y serait peut-être encore sans un événement que nous allons raconter.

Des racines de lentisques avaient pénétré dans les
interstices de la maçonnerie moderne de la conduite
des eaux qui, sans offenser nos contemporains, ne
vaut pas celle des Romains ; de plus un Arabe avait
laissé choir dans un regard son burnous, qui, em-
porté par le courant, avait engorgé le canal à l'inter-
section qui conduit l'eau à Zaghouan. Les habitants

Moktar gardant les bœufs.

la recevaient bien filtrée, mais en petite quantité. Ils
se plaignirent, et l'on envoya de Tunis un ingénieur
pour faire les réparations nécessaires. Il vint prendre
gîte chez M. Gérigné, avec d'autant moins d'hésitation qu'il n'y avait pas alors d'autre habitation dans
le pays, et le colon le reçut avec l'enthousiasme d'un
homme réduit depuis trop longtemps à la société de
dame Séraphine.

On effondra les boîtes de conserve pour fêter le nouvel arrivant, et Moktar partit pour Zaghouan chercher
de la viande. Il ne restait plus chez le boucher que
des queues de mouton, et il faut vous dire que ces
animaux, en Afrique, ont des queues larges comme

des éventails, un vrai magasin à suif. Les Arabes en sont très friands, et conservent ces sacs à graisse comme d'autres des jambons, mais c'est encore un goût à faire chez les Européens.

Moktar, qui n'ignorait pas qu'il serait le mal reçu avec des queues de mouton, piqua à travers la brousse vers l'*enchir* d'un Italien, Matteo San Lucar, pour négocier l'achat d'un dindon élevé par Mme San Lucar. Mais les derniers venaient de partir en gloussant, à dos de chameau, pour le marché de Tunis. On lui offrit à la place un joli petit cochon de lait tout rose, tout frétillant, et un cuissot de gazelle que Matteo venait de tuer, ce qui sembla extraordinaire à Moktar qui n'en avait jamais vu dans cette région. Il acheta le cuissot, et ne regarda même pas le porcelet, ce fils d'animaux réputés impurs par le Prophète.

En revenant au *bordj* Shérif, il trouva un Arabe à la recherche d'une gazelle échappée de son *araba*.

Il venait, disait-il, du Sud, et se rendait à Tunis pour solliciter une faveur du ministre de la Plume, auquel il comptait offrir comme entrée en matière ce gibier à poil.

— Si je n'ai rien dans les mains, gémissait-il, je n'ai plus qu'à m'en retourner.

Moktar, ne pouvant ressusciter la gazelle, jugea inutile de rendre à l'Arabe le gigot qu'il avait dans la sacoche de sa selle, et lui souhaitant bien le bonsoir, il porta triomphalement la victuaille à M. Gérigné.

— C'est bon, mais ce n'est pas gros, dit celui-ci ; tu
n'as trouvé que cela ; pas de mouton à Zaghouan, pas
de dindon chez Matteo, rien ?

— Il y avait bien un petit cochon de lait chez lui,
répondit Moktar ; mais il ajouta tout de suite avec un
geste de mépris : Tu comprends, je ne pouvais pas le
ramener !

— C'est juste, répliqua M. Gérigné, respectueux des
convictions de Moktar. Je vais envoyer Alvaro le
chercher.

— Ah ! il fait le dégoûté, grommela dame Séraphine
qui était de toutes les conversations sans en être priée.
Attends un peu. Je t'en ferai manger du cochon !

Et elle le fit, selon sa promesse, cette vieille fille
de chien, ainsi que l'appelait Moktar, et elle s'en vanta,
car déguisé comme il l'était à la sauce Robert, il
avait d'autant moins reconnu le porc qu'il n'en
avait jamais mangé.

C'est à la suite de ce tour pendable, dont M. Gérigné
était pourtant bien innocent, que Moktar quitta l'*enchir* Shérif.

Rien ne put le décider à rester, pas même la promesse de renvoyer dame Séraphine exercer ses
talents à Bône ou ailleurs. Après avoir pris congé
de son maitre en lui souhaitant toutes sortes de pros-
pérités, et en appelant sur lui les bénédictions d'Allah,
Moktar partit, emportant les *douros* d'argent et les
bocoufas d'or qui constituaient son pécule.

Il descendit à Zaghouan encore incertain de ce qu'il allait faire.

Retournerait-il à Métouïa, ou, suivant son projet primitif, se dirigerait-il sur Tunis ?

LE COL DES VOLEURS

CHAPITRE VIII

LE COL DES VOLEURS

La rencontre d'un compatriote fit cesser ses hési-
tations. Ce Gabésien faisait partie d'une de ces caravanes qui vont du Sud dans le Nord, apportant les
produits du Djerid pour les échanger contre les blés
du Tell.

Leur chargement se compose de toisons de mouton
et surtout de figues et de dattes qui, pressées et rou-
lées dans une outre, forment un tout compact que les
Arabes appellent un pain, mais dont l'aspect peu
engageant ne tente pas les Européens.

Seules les dattes dites degla ou dattes-lumière, à
cause de leur transparence, ne sont pas séparées de
leur tige et sont mises dans des boîtes. Un usage
ancien veut que quatre des premières caisses arrivant à Tunis soient offertes au bey.

Le nombre des chameaux porteurs de la caravane
était de deux cents, mais par surcroît elle emmenait
une bande de chevaux du Sahel. Bêtes et gens cam-
paient à deux kilomètres de Zaghouan, sous des
mûriers centenaires, à côté d'une ruine romaine,
dite la porte de Jupiter Ammon, près du temple du

Nymphæa, dédié au génie des eaux. Il en reste un hémicycle fort bien conservé, autour duquel sont pratiquées des niches dont les statues absentes étaient vouées sans doute aux divinités qui règnent sur les éléments.

Moktar se décida à suivre la caravane et fut chargé de la conduite d'un cheval auquel le chef caravanier attachait le plus grand prix. Il était noir avec trois balzanes et une étoile en tête ; ces marques sont fort rares et l'animal qui les porte est dit *mabrouch* (qui porte bonheur à son cavalier). Il avait également l'oreille fendue pour rappeler qu'il était né un vendredi, jour heureux.

Le cheval arabe proprement dit est le syrien, l'étalon du Nedjed qui descend vraiment de la jument du Prophète ; il a la tête carrée, l'encolure rouée, la croupe arrondie, la queue attachée haut, assez petit, un peu bas sur jambes, très soudé de partout. L'exportation en est défendue, et s'il s'en trouve quelques-uns dans la Régence, c'est qu'ils proviennent d'une libéralité du sultan.

Le cheval tunisien est le barbe, moins beau, moins estimé que l'arabe, mais susceptible d'un bon service, très doux et dur à la fatigue. Il proviendrait, d'après la tradition, des cavales numides de Massinissa.

On a beaucoup vanté la douceur des Arabes pour leurs montures, et dans une légende ils s'étonnent qu'il y ait de l'autre côté de la mer bleue des hommes qui osent lever la main sur le cheval. La vérité, c'est

La porte de Jupiter Ammon à Zaghouan.

que les indigènes le soignent assez mal, et s'ils ne le frappent pas, ils lui déchirent les flancs avec des étriers tranchants ou de longs éperons pointus et lui broient les barres avec un mors cruel.

La cavalerie tenait la queue du convoi, suivant la longue file des chameaux que précédait le chef de la caravane, qui ne remettait pas à d'autres le soin de reconnaître les chemins et de veiller à la sécurité de tous.

Chaque pays exploite le voyageur à sa façon.

En Tunisie, comme au reste jadis en France au moyen âge, les marchands étaient parfois rançonnés par des tribus qui s'arrogeaient le droit de percevoir une dîme sur les objets qu'ils transportaient.

Ceux qui appliquaient ce système de douanes intérieures ne se considéraient pas comme des voleurs ; remarquez qu'ils ne dépouillaient pas entièrement, ils prélevaient un simple droit de passage, en général le dixième.

L'art consistait à plumer la poule sans trop la faire crier. Si la tribu avait la main légère, quelquefois on ne disait rien, on se soumettait à l'usage ; mais dans le cas contraire on allait se plaindre au caïd et même au ministre de la justice.

S'il s'agissait d'indigènes, le résultat était le même. Le fonctionnaire savait mieux que personne à quoi s'en tenir, puisqu'il recevait toujours les mêmes plaintes ; mais comment détruire une si ancienne coutume ? Et puis les tribus incriminées payaient régulièrement l'impôt et pour cause. C'était le principal. On renvoyait donc le plaignant en lui promettant d'ouvrir une enquête et tout était terminé. Quelquefois le ministre mandait le caïd sur le territoire duquel des exactions avaient eu lieu; mais ou bien il n'avait rien vu, ou bien il prétendait que si le marchand avait laissé un souvenir en passant, c'était la juste rémunération de l'eau, du bois et du fourrage qu'il avait pris.

Cependant, ces pratiques du bon vieux temps commençaient à disparaître, et voici pourquoi :

Autant en haut lieu on était sourd aux réclamations des Arabes, autant on manifestait d'indignation si le molesté était un étranger appuyé par son consul, ou même un israélite, sujet tunisien, mais protégé d'une puissance étrangère.

Pas de complications extérieures, tel était le mot d'ordre. Et pour les éviter, quand les tribus percevaient leur droit de péage sur d'autres que leurs compatriotes, on était obligé de leur causer quelque ennui. Témoin ce qui venait de se passer à Béja.

Kérédine, un des plus habiles ministres qu'ait eus la Régence, avait fait un sévère exemple sur une bande qui exploitait les gorges de Béja.

Des Grecs, protégés anglais, qui transportaient des grains, avaient été un peu trop fortement étrillés. Sur la plainte du consul de la Grande-Bretagne, le ministre Kérédine fit préveuir le cheikh de ces pillards que pour cette fois il fermerait les yeux, mais que dorénavant tout Européen détroussé coûterait la vie à un homme de la tribu. Il ajoutait que 'la justice ne perdrait pas son temps à chercher les vrais coupables, mais qu'on les considérerait tous comme solidairement responsables.

En dépit de cet avertissement, deux Maltais furent arrêtés peu après. Kérédine fit alors marcher un escadron de *goumiers* qui enleva deux laboureurs. On s'assura qu'ils étaient bien de la tribu pillarde, et sans autre forme de procès ils furent pendus au Bardo.

Malgré tout, dans un défilé du Djebel Oust, chaîne de hautes collines qui sépare la plaine de Zaghouan de celle du Mornag, quelques douars du caïdat des Riahs continuaient à exiger le droit de passage.

Ils vivaient au reste comme d'honnêtes paysans, cultivant des terres dans la plaine et faisant pâturer dans la montagne des troupeaux, qui pour être de provenances diverses, n'en étaient pas moins profitables.

Seulement, quand il y avait des discussions avec les caravaniers sur le quantum de la dîme, ils quittaient la charrue ou la houlette pour le fusil ou le poignard. La bande vivait patriarcalement sous l'autorité incontestée du cheikh Zarouni, descendant d'une vieille famille dans laquelle on exerçait de père en fils le métier de percepteur.

Il se vantait même de descendre de la fameuse Alima que sa grande force physique avait placée au rang des chefs. La légende dit qu'elle percevait dans la plaine du Mornag près d'un puits encore visible aujourd'hui où l'on descend par un escalier dont les marches sont si larges que les bêtes peuvent venir s'y abreuver. On cite d'elle, entre beaucoup d'autres, ce fait, qu'étant allée à Tunis acheter du blé, le marchand réputé pour sa vigueur reçut la pièce d'or qu'elle lui tendait, la cassa en deux et la lui rendit en disant qu'elle ne valait rien. Alima prit alors un grain de blé

L'étalon du chef conduit par Moktar.

entre le pouce et l'index, et cette simple pression le réduisit en farine : — Vois, dit-elle, ton blé ne vaut pas mieux que mon or.

Qu'il fût son descendant ou non, Zarouni connaissait admirablement toutes les ficelles du métier. Il allait jusqu'à entretenir des pistes pour engager le voyageur à les prendre, et il est inutile d'ajouter qu'elles convergeaient toutes vers le défilé où il opérait.

L'homme isolé ou les voyageurs de maigre apparence, loin d'être inquiétés, recevaient une cordiale hospitalité dont Zarouni trouvait la rémunération dans les bons renseignements qu'ils pouvaient donner à de plus opulents qu'eux sur le col du Djebel Oust.

Les pâtres placés en observateurs sur les sommets, lui signalaient par leurs cris l'approche des convois.

Mais ce ne fut pas par eux qu'il apprit l'arrivée de la caravane dont faisait partie Moktar.

Un de ses émissaires en avait passé l'inspection à Zaghouan ; Zarouni connaissait donc par le menu tout le chargement, avait fait son calcul et établi par avance ce qu'il devait... légitimement encaisser, et comme ses futurs hôtes pouvaient passer par Aïn-Saf-Saf ou par le Pont-du-Fahs, il avait pris soin d'y établir des succursales. Les marchands s'adressèrent sans le savoir à la maison mère, car arrivés à hauteur de l'enchir Smindja, ils s'engagèrent résolument dans le Djebel Oust.

On les laissa tranquillement gagner une sorte de prairie où ils devaient faire halte pendant la journée. Là, pendant qu'on déchargeait les chameaux pour les faire brouter, et que les saïs (palefreniers) passaient aux chevaux leurs musettes pleines d'orge, Zarouni fit son apparition, et invita le chef de la caravane à prendre le café chez lui.

Il logeait dans d'anciennes citernes de construction romaine, vastes réservoirs jadis destinés à l'alimentation de l'aqueduc, mais pour l'instant remplis de tous les hommes de la tribu, armés jusqu'aux dents et prêts à sortir au cas regrettable d'une contestation. Cette vue était de nature à favoriser une entente entre le caravanier et Zarouni.

Après un échange d'observations sur la situation commerciale du pays, on tomba d'accord sur le nombre de chameaux qui seraient allégés de leur charge. Le superbe étalon que conduisait Moktar faillit faire naître une difficulté ; mais le cheikh consentit à ne pas considérer les chevaux comme soumis à la taxe. Le caravanier se consola de sa mésaventure en pensant qu'il en serait quitte pour faire payer aux gens des Souks les dattes un peu plus cher, et quand il se remit en route pour aller camper à la Mohammedia, Zarouni l'escorta, ne voulant pas quitter son bon ami avant de lui avoir fait traverser le pont de l'*oued* Milianah qui servait autrefois en même temps de passage à l'aqueduc des anciens.

On voit encore, à côté, des arches admirablement conservées et d'une hauteur surprenante, si l'on songe que ce gigantesque travail a été exécuté sans l'aide des moyens mécaniques dont nous disposons.

Les gens du pays les admirent beaucoup, ces ruines, mais pas d'une façon platonique. Quand ils ont besoin d'une pierre, c'est là qu'ils vont la chercher, et ils la trouvent toute taillée. Les fûts de colonne

sont spécialement utilisés en guise de seuils de porte
et comme margelles de puits. On s'étonne qu'avec
de pareils archéologues les antiquités n'aient pas
complètement disparu. Heureusement depuis l'occupation française, tous les vestiges anciens sont
classés comme monuments historiques et sévèrement
protégés.

La ville de Mohammedia que traversa la caravane
après avoir passé l'oued est aussi une vaste ruine,
mais celle-là est bien moderne, car elle ne date que
de cinquante ans.

Le caprice d'un souverain l'avait fait sortir de terre,
les préjugés de son successeur l'ont fait abandonner.
Son créateur, S. A. Ahmed, avait été un bey très
militaire ; il établit sa résidence au milieu d'un grand
camp retranché pourvu de casernes et d'arsenaux.
Ce Frédéric II des états barbaresques eut la gloire
d'envoyer dix mille hommes de secours à la Turquie
lors de la guerre de Crimée.

Le souverain qui le remplaça n'avait pas son humeur
soldatesque, il licencia la plus grande partie de l'armée. Les quartiers de la Mohammedia devenaient
donc inutiles, et puis l'étiquette veut que l'héritier
du tróne n'habite pas le palais où est mort son prédé-
cesseur.

De là vient le nombre de résidences beylicales
successivement reprises et abandonnées.

On ne s'explique pas d'ailleurs le choix du bey

Ahmed, car la Mohammedia est bâtie sur un coteau aride et dénudé non loin du Seldjoumi, lac saumâtre qui ne communique ni avec la mer, ni avec un cours d'eau et qui se dessèche en partie l'été. On y passe alors à pied sec ; mais dès qu'il pleut cette piste devient impraticable.

On était alors au printemps, époque où les eaux

Ruines de l'aqueduc romain à l'oued Milianah.

sont les plus hautes, et pour arriver à Tunis après avoir quitté la Mohammedia, la caravane dut contourner le lac et gagner le Bardo, la résidence beylicale d'alors, par le chemin du Kef qui longe ces beaux jardins des environs de la capitale.

Au milieu des bosquets d'orangers, de citronniers, de lauriers, de grenadiers, parmi les massifs de jasmins, de roses de l'Ariana, de verveines, de géraniums, s'élèvent, construits dans le goût italien, les palais des Khérédine, des Mustapha ben Ismaël, des

Zarrouk, des Kasnadar, des Ben Ayed, luxueuses
habitations de plaisance de l'aristocratie et des favo-
ris qui sont venus se grouper autour du palais du
souverain.

LA JUSTICE DU BEY

CHAPITRE IX

LA JUSTICE DU BEY

Le bey qui gouvernait à cette époque était Mohammed surnommé Es Saddok, c'est-à-dire le Majestueux, pour le distinguer de son frère Mohammed, successeur du bey Ahmed et son cousin, car la succession au trône n'est pas dévolue en ligne directe, mais au membre le plus âgé de la famille régnante.

Possesseur du royaume de Tunisie qui relève du sultan, mais est exempté de tribut depuis 1872, il appartenait à la dynastie Husseinite.

Son fondateur en 1705 fut Hussein ben Ali, fils d'un Corse capturé et renégat qui d'esclave devint général.

Les souverains entraînent à leur suite non seulement la cour, singulier mélange de souvenirs féodaux et de mœurs orientales où l'eunuque coudoie le bouffon, mais encore une partie des fonctionnaires et de l'armée.

C'est ce qui explique le nombre de constructions de toutes sortes : logements, casernes, arsenaux, prisons, harem pour les beyettes actuelles, harem pour les veuves des prédécesseurs, jusqu'à des boutiques qui forment une petite ville dont le palais est

le centre. Le Bardo a été de tout temps la principale
résidence des beys, et c'est toujours là qu'ont lieu
les grandes cérémonies.

La caravane débouchait sur l'esplanade qui longe
les remparts du palais, lorsqu'elle trouva la route
barrée.

Une foule compacte attendait le souverain qui arrivait de Tunis pour statuer sur le sort d'un condamné
à mort.

Moktar apprit qu'il s'agissait d'un Kourougli, meurtrier par vengeance d'un notable tunisien, son voisin
de campagne.

Les Kourouglis sont les descendants des Turcs,
anciens maîtres de la Régence. Lors de la chute de ce
régime, quelques-uns demeurèrent dans le pays, mais
restèrent toujours en butte à l'animosité des habitants. De leur côté, les Kourouglis n'ont jamais par-
donné aux Arabes de s'être soustraits à leur domination.

Une haine séculaire divisait les familles de la victime et du meurtrier.

La cause en était une dénonciation politique qui
avait entrainé la confiscation d'une riche propriété
appartenant aux Kourouglis.

De père en fils, ils se transmettaient cette idée de
vendetta, et au cours d'une discussion sur une question de bornage, le Turc avait poignardé son ennemi.

Le tribunal criminel de l'Ouzarâ l'avait puni de

mort ; la condamnation était définitive et devait recevoir son exécution, à moins d'une entente avec la famille sur le prix du sang.

Le droit tunisien permet en effet au condamné

L'escalier des Lions au Bardo.

d'offrir aux héritiers de sa victime une somme d'argent pour les indemniser du préjudice causé.

Si ceux-ci s'y refusent et réclament l'exécution, le bey ne peut pas faire grâce. Si au contraire ils acceptent le principe de l'indemnité, il ne reste plus qu'à tomber d'accord sur le chiffre et on débat les conditions du marché.

On passe en revue les qualités du défunt, sa force,

son adresse, pour estimer la perte causée par sa mort;
son âge, le nombre d'enfants qu'il laisse entrent aussi
en ligne de compte.

De son côté le condamné marchande pour sauver
sa vie au plus bas prix possible.

L'entrevue des deux familles a lieu dans une salle
du Bardo, au-dessus de l'escalier des Lions, quelques
instants avant l'heure fixée pour l'exécution.

Elle doit être présidée par le bey, qui quelquefois
prend sur sa cassette pour parfaire le prix du sang et
arracher un malheureux à la mort. Dans ce cas la
foule avide d'émotions se retire désappointée ; mais
elle n'avait pas cette fois la crainte d'être privée du
spectacle qu'elle attendait, car on affirmait que le père
de la victime refusait une somme de treize mille
piastres et avait juré que la pendaison aurait lieu.
On allait être fixé bientôt ; la garde sortait pour rendre
les honneurs à l'arrivée du souverain et les musiciens tout de rouge habillés attaquaient l'hymne au
bey.

En tête du cortège galopaient des spahis en burnous
bleu, la carabine au poing, des gendarmes en petite
veste noire à parements bleu clair ; des gardes, dits
des oliviers, en vert olive.

Puis venait la cavalerie régulière précédant immédiatement le landau du bey, attelé de six mules, conduites par deux postillons et un cocher en livrée bleu
et or, coiffés de la *chechia*.

La pendaison au Bardo.

Derrière la voiture, monté sur une mule blanche, suivait un serviteur chargé de porter dans une gargoulette l'eau destinée au souverain.

Arrivaient ensuite les voitures des ministres richement armoriées, conduites par des cochers en caleçons blancs et cafetans brodés d'or et d'argent.

La porte de la Tour de l'Horloge se referma derrière le cortège pour se rouvrir bientôt donnant passage au condamné.

Les treize mille piastres avaient manqué leur effet.

Mais au moment où on voulut lui passer le nœud coulant, une vive discussion s'engagea entre l'assassin et le bourreau.

Le Kourougli réclamait, comme un privilège attaché à sa race, d'être étranglé debout, avec un lacet de soie.

Il faut croire que cette prérogative n'existait plus, car un instant après, il se balançait au bout d'une corde de chanvre.

La foule s'écoula silencieuse, laissant la route libre à la caravane qui n'avait plus que quatre kilomètres à faire pour atteindre Tunis, que le poète appelle tantôt la Perle de l'Orient, tantôt le Burnous du Prophète, tantôt la Ville Blanche.

Quand Moktar pénétra dans la capitale par la porte de Bab Saadoun, le temps était sombre, la pluie tombait à flots, la bonne pluie d'huile, comme on nomme celle du printemps qui fait grossir les olives; une boue épaisse engluait les pavés qui n'avaient jamais connu le balai.

O Tunis, le poète qui habite les sommets n'avait vu que ta tête, tes rues étaient noires, tes rues étaient sales!

Comment en aurait-il été autrement dans une ville où le service de la voirie n'existait pas, car on ne peut pas comparer à des cantonniers, les chiens qui seuls s'acquittaient du soin de faire disparaître les détritus, et moins encore les porcs qui expurgeaient la banlieue, l'entrée de la cité leur étant interdite.

Malgré le mauvais temps, les rues n'avaient rien perdu de leur animation, et les chameaux de la caravane avaient peine à se faufiler à travers des véhicules de formes les plus disparates, des *arabas*, des corricolos, des calèches, dont la vieille ferraille achevait de se disloquer à chaque tour de roue.

Baalek ! rangez-vous, *guarda !* prenez garde à vous, criaient sans cesse, et non sans besoin, les conducteurs pour n'écraser personne dans une foule cosmopolite, dont les types et les costumes eussent étonné un voyageur moins novice que ne l'était Moktar.

Baalek ! rangez-vous, la grosse juive, et ne perdez pas vos sandales de bois, sans quoi vous allez prendre un bain de pieds dans la boue et éclabousser votre belle *fouta* bleu de ciel.

Guarda ! prenez garde, la jolie Maltaise qui marchez bravement les pieds nus dans les flaques d'eau, la tête couverte d'une cape de soie noire.

Des portefaix, outrageusement chargés, couraient tête baissée, augmentant l'embarras.

Les Maltais, coiffés d'une toque, coudoyaient les israélites en culotte de toile bise, le burnous bleu rejeté sur l'épaule.

Mauresque riche et sa servante.

Une bande de Siciliens nouvellement débarqués, un gros parapluie sous le bras; à la main un sac en toile contenant leur défroque, attendaient le long d'un mur qu'on voulût bien les embaucher.

Des Arabes sales, au burnous effiloché, leur faisaient pendant. Le Tunisien opulent, revêtu d'une *gandoura* soyeuse, sous un large vêtement de cachemire brodé,

frôlait le mendiant abject au *kradroun* sordide implo-
rant d'une voix pitoyable la charité des croyants.

Rares étaient les femmes arabes revenant du bain
ou de la mosquée. On reconnaissait leur caste à la
façon de se voiler. Les Mauresques riches tenaient
de leurs deux mains un voile leur permettant seulement de voir les talons de la servante qui les précédait pour les guider ; les femmes du peuple se con-
tentaient de cacher leur visage jusqu'aux yeux.

Et les bourricots trottinaient à travers cette foule
bariolée, ajoutant encore à la confusion.

Guarda ! Baalek !

Moktar abasourdi ne savait auquel entendre, et ce
fut avec satisfaction qu'il vit la caravane, après cette
traversée laborieuse, s'enfourner dans un vaste *fondouk*.

Une fois les marchandises déchargées et les bêtes
attachées, le caravanier le remercia de ses services.

Il était libre d'aller visiter la ville.

LE CAFÉ DES MAROCAINS

CHAPITRE X

LE CAFÉ DES MAROCAINS

Moktar, qui n'avait suivi la caravane que dans ce but, ne se le fit pas dire deux fois. Il était donc enfin à Tunis, et pourrait dire qu'il avait vu la capitale !

A la porte du *fondouk*, des négresses, anciennes esclaves du Soudan, vendaient de grossiers pains de semoule. Moktar en acheta pour son souper, avant d'aller prendre sa place, moyennant deux *carroubes*, sur la natte du dortoir, car que faire le soir dans une ville inconnue et si mal éclairée qu'il fallait pour s'y conduire, et faute d'autres, avoir recours à des réverbères ambulants ?

On trouvait encore à cette époque, sur la place, des stations de lanterniers, petits gamins qui, pour deux sous, vous éclairaient jusque chez vous.

Mais au moment de se coucher, les sons aigres d'une soi-disant guitare, qui répétait indéfiniment le même thème sur son unique corde, lui indiquèrent qu'il y avait des distractions non loin du *fondouk*.

Guidé par ces accords, il entra dans un café maure qui, à part une clientèle assez spéciale, ressemblait à tous les autres.

Sur des bancs recouverts de nattes, le long des

murs, des consommateurs sont assis, les jambes croi-
sées ; dans le fond, sur un petit fourneau en carreaux
de faïence, le patron fait le café à la turque.

Il prend du café pilé, réduit en poudre impalpable,

en jette plein une pe-
tite cuiller dans un
godet à long manche
qu'il met au feu, pour
servir au moment où
le café bouillonne,
s'emporte, et tombe
en écume sur les char-
bons ardents. C'est
l'instant précis où il
est à point.

Il le verse alors
dans une tasse qui
n'est pas plus grande
qu'un coquetier, et
pour un sou, vous

Négresse marchande de pain.

sert de quoi passer la soirée.

Le guitariste monocorde pinçait avec conviction son
boyau tendu sur une écaille de tortue.

Puis, quand il jugea que sa mélopée était suffisamment incrustée dans l'ouïe de ses auditeurs, il substi-
tua le chant à la corde, et psalmodia, toujours sur le
même air, l'histoire fort intéressante d'un sorcier
marocain des montagnes du Riff.

Pendant ce temps, Moktar dévisageait les habitués de l'endroit.

Presque tous portaient le même costume : *gandoura* de grosse laine bleu foncé, bordée de jaune, turban plat, formé de bandelettes entrecroisées, et poignard à fourreau d'argent.

Un voisin lui apprit qu'il était dans un café fréquenté par les Marocains et lui donna sur eux les renseignements que voici :

— Les Marocains, dit-il, forment une corporation à part. Exerçant la profession de gardiens, ils en ont conquis le monopole parce qu'ils sont étrangers au pays, et aussi grâce à la constitution qui les régit. Ils nomment tous les deux ans un chef, l'amin, fournissent un cautionnement, et si l'un d'eux, de gardien devenait voleur, la caisse sociale désintéresserait le propriétaire volé. Malheur du reste au larron, qui risquerait fort d'être assassiné par ses camarades. Ils sont chargés de la garde de certains monuments publics, et c'est à eux que s'adressent les particuliers, musulmans et chrétiens, pour veiller sur les banques, les magasins, les fabriques et les maisons en construction.

— Voici d'ailleurs, ajouta-t-il, un exemple de leur vigilance : un Marocain était chargé dernièrement de la surveillance de la gare italienne. On découvrit des vols, et on laissa entendre au gardien qu'on le soupçonnait de complicité. Il ne répondit pas, mais la nuit suivante, il alla réveiller le chef de gare, lui montra son fourreau vide, puis l'amenant derrière des ballots, lui fit voir un Sicilien qui se tordait, un poignard dans le ventre ; il retira l'arme , et la remettant dans le fourreau : « Tu vois, dit-il, que c'est bien mon couteau , et pas celui d'un autre. »

— C'est ici, continua l'obligeant voisin, le bureau de placement des Marocains ; mais le café qui leur sert de lieu de réunion est aussi fréquenté par d'autres personnes, car on est sûr d'apprendre par eux toutes les nouvelles de la ville. Ils sont d'ailleurs très intéressants, ayant beaucoup voyagé. La plupart ont fait le pèlerinage de la Mecque, traversant à pied l'Algérie, la Régence, la Tripolitaine, l'Égypte, l'isthme de Suez et l'Arabie ; aussi leur réputation de conteurs n'est plus à faire.

Ceux qui sont ici le soir sont ceux qui ne sont pas occupés, car leur surveillance s'exerce surtout la nuit. Dans la journée on les voit jouer aux échecs, aux dames et aux osselets, quand ils ne dorment pas sur les nattes.

Moktar remercia et apprit encore que dans ce café on ne se contentait pas de jouer ; on y venait fumer le *kif*, l'opium des Arabes.

Le *kif* est une sorte d'herbe, imprégnée d'extrait de chanvre, hachée comme du tabac, et qui se fume dans de toutes petites pipes de terre rouge.

Le fumeur de *kif* est comme le [morphinomane, il n'avoue pas d'ordinaire son vice.

Il commence par fumer seul chez lui le dangereux narcotique qui lui procure, pour un instant, des rêves délicieux et lui assure un abrutissement définitif ;

Le café des Marocains.

mais lorsque son état ne peut tromper personne, il ne craint pas de s'afficher en public, et toute honte bue, va fumer au café dont le patron est souvent un confrère habile à préparer la pipe.

Quelques jours après son arrivée, Moktar, qui achevait de visiter la ville avant de retourner chez lui, trouva au café des Marocains, dont il était devenu un des habitués, un groupe de cavaliers irréguliers des *goums,* revenant d'une expédition et en racontant les péripéties.

— Oh ! ça n'a pas été bien long, disait l'un d'eux, huit jours pour aller en Kroumirie, quinze jours pour cerner les Kroumirs dans leurs montagnes, dix jours pour revenir ; voilà comment je comprends une *razzia.*

— Il paraît qu'ils sont durs à la détente dans ce pays-là pour payer l'impôt, et, ma foi, je le comprends, depuis que j'y suis allé. Toujours des bois, des rochers et des torrents. A peine par-ci, par-là, une parcelle cultivable. Ce qu'il y a de certain, c'est que les collecteurs du fisc n'y faisaient pas leurs frais ; le dernier qu'on a expédié, celui du Kef, n'est pas revenu, et nous ne l'avons pas retrouvé, quoiqu'on nous eût envoyés pour cela.

— Ce n'est pas étonnant, s'ils l'ont tué, dit un autre.

— Quoi qu'il en soit, reprit le premier, dans sa bonté S. A. le bey a accordé à ces Kroumirs l'*aman,* c'est-à-dire grâce pleine et entière, à la suite de quoi... nous avons été chargés de prendre tout ce qu'ils avaient. Je ne sais pas s'ils ont de l'argent, nous n'en avons pas trouvé ; ils l'ont peut-être caché dans des silos ; mais ce dont je suis sûr, c'est que nous avons capturé tout ce que nous avons rencontré de chameaux ; il y en a trois cents à vendre à la Manoubia. C'est notre part de prise, et nous attendons que l'affaire soit réglée pour retourner chez nous.

— Ils ne seront pas vendus cher, grommela d'une

voix pâteuse un consommateur ; c'est trop d'un coup sur le marché. Je connais cela, je suis marchand de chameaux.

— Dis que tu l'as été, interrompit le *caouadji* ; mais tu as fumé trop de *kif* pour savoir distinguer maintenant un chameau d'un mulet.

— Ah ! tu crois cela, riposta le fumeur, qui tenait à son idée. Regarde, si je ne sais pas compter : un bon chameau vaut quatre cents piastres, un chameau de *razzia* moitié moins ; mets vingt-cinq piastres de *backchich* pour l'officier, voilà mon compte.

Cavaliers irréguliers des goums.

— Pas plus cher que cela? dit Moktar, étonné de ce bas prix.

— Tiens, un chameau de *razzia*, est-ce que tu crois que c'est gras ? Ils viennent d'un pays où ils n'ont rien à manger ; on les ramène à marches forcées, avec des coups de bâton pour toute nourriture ; ils arrivent pelés, écorchés, boiteux, mais c'est encore trop cher !

— *Caouadji*, bourre-lui donc sa pipe pour le faire taire, dit un *goumier*, ennuyé de voir qu'on dépréciait une marchandise dont il avait sa part.

Moktar n'avait pas perdu un mot de cette conversation et il sortit pour compter son argent.

— Si je profitais de l'occasion ? se disait-il.

— Et pourquoi pas ?

La nuit, il fit un rêve délicieux ; il avait acheté tou
le lot de chameaux, partait pour Métouïa ; les
petits dromadaires naissaient en route comme par
enchantement, et c'était une file de chameaux si
longue, si longue... qu'elle allait de Tunis à Métouïa !

Le lendemain, plein de son idée, il se rendit à
Sidi Melhasine visiter le troupeau.

Dans son ivresse, le fumeur de *kif* avait dit vrai ;
c'était un ramassis de bêtes surmenées, ou trop
jeunes, car le chameau ne peut pas être utilisé avant
quatre ou cinq ans. Ce n'est qu'à ce moment qu'il
peut porter pleine charge, soit deux cents à deux
cent cinquante kilos.

Il examina les callosités qu'ils portent aux genoux
et aux jarrets, pour s'assurer de leur âge, et fit age-
nouiller, pour juger de leur docilité, ceux qui lui
parurent susceptibles de faire encore un bon service.

Un israélite, flairant en Moktar un acheteur, l'a-
borda pour lui offrir ses services.

En Tunisie, c'est l'intermédiaire presque obligé pour
la conclusion d'un marché. Est-ce parce que l'Arabe,
descendant d'un peuple de pasteurs et de laboureurs,
méprise le négoce ? Est-ce parce qu'il reconnaît au
juif des qualités commerciales qui lui manquent ?

Toujours est-il qu'il n'est pas rare de voir un vendeur et un acheteur attendre, pour se mettre d'accord, la présence du juif, et c'est d'autant plus extraordinaire qu'ils ont pour lui le plus complet dédain.

« Les chrétiens sont des chiens, dit un proverbe turc, mais les juifs sont des porcs. »

Le juif Abraham.

Moktar regarda curieusement celui qui s'adressait à lui ; il portait l'ancien costume des juifs : un grand cafetan en forme de lévite, le turban noir ; deux boucles de cheveux encore noirs rejoignaient sa barbe grisonnante.

Il le remercia d'abord, puis, comme l'autre revenait à la charge, il finit par l'envoyer promener rudement.

— Abraham, pour te servir, rue Sidi-Bou-Haddid, dit l'israélite, en se retirant sans se fâcher, car cette race est aussi polie qu'obséquieuse.

Moktar aborda l'officier chargé de la vente et entama les négociations pour l'achat de cinq chameaux. Elles furent tellement laborieuses qu'elles dureraient encore, sans l'intervention du juif qu'on fut obligé de rappeler.

Il ne s'était pas éloigné, le malin, pensant bien qu'on aurait besoin de lui, et il se mit à faire la navette entre Moktar et l'officier.

— Tu exagères les prix, disait-il à l'un, vois l'état dans lequel sont tes chameaux.

— Considère, allait-il dire à l'autre, que tu n'auras pas à payer le droit de marché ou taxe de la *carroube*, c'est plus de six pour cent ; ajoute quelque chose.

Il fit tant et si bien que la transaction finit par aboutir ; il avait attendu ce moment pour parler de la petite commission qu'il toucha des deux mains.

Moktar se trouva propriétaire des cinq meilleures bêtes, mais le plus clair de ses économies y avait passé. Il lui restait juste de quoi retourner à Métouïa, où il était sûr de les revendre avec un fort bénéfice.

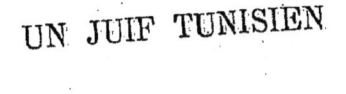

UN JUIF TUNISIEN

CHAPITRE XI

UN JUIF TUNISIEN

Moktar emmena les chameaux dans son *fondouk* et sortit pour acheter leur harnachement, un bât et une muselière en alfa.

La première personne qu'il rencontra fut Abraham. Le juif le guettait, le considérant désormais comme son client et ne voulant pas laisser à d'autres le soin de le guider dans ses emplettes. Il le conduisit donc dans la rue où se trouvent les selliers.

Comme autrefois dans le Paris du moyen âge, les métiers sont encore cantonnés à Tunis. On donne à la rue le nom du produit qui s'y fabrique et s'y vend, en le faisant précéder du mot générique *souk*, qui en arabe signifie littéralement marché. L'ensemble de ces diverses rues commerçantes forme un vaste quartier, dont le pittoresque incroyable ravit les nouveaux débarqués. On y trouve un assortiment complet de toutes les marchandises du pays, et il s'y fait des transactions considérables.

Le Souk el Ouzar offre tout ce qui a trait à l'équipement du cheval et des autres bêtes de somme. C'est là qu'on taille en plein bois d'olivier les hauts dossiers de la selle indigène et qu'on découpe les morceaux de cuir multicolores pour l'ornement des fontes, des sabretaches et des œillères de bride. C'est là aussi que les bourreliers vendent les grossiers harnais destinés aux *arabas*. Le Souk el Ouzar est le seul où ces véhicules peuvent passer, car ailleurs les rues sont trop étroites ou taillées en escalier, et encore elles y trouvent un obstacle : c'est le tombeau d'un saint marabout placé au beau milieu de l'étroite chaussée, là où il est mort. Malgré la vénération dont il est entouré, les charrettes passent pardessus, sans aucun scandale pour les croyants.

Moktar payant, Abraham marchandant, les achats furent rapidement terminés. L'israélite insista alors pour l'emmener chez lui, où il avait, disait-il, une bonne petite affaire à lui proposer. Moktar se laissa faire et le suivit dans le quartier de la *Harâ*, qui correspond à l'ancien Ghetto des villes d'Italie.

Dans un dédale de ruelles tortueuses, grouille toute la juiverie tunisienne, qui compte environ quarante mille têtes. Les juifs sont complètement libres depuis la constitution de 1862 octroyée par le bey, à l'instigation de Léon Roches, consul de France. Auparavant, il leur était défendu de sortir de la *Harâ* après sept heures du soir, et comme signe distinctif, ils devaient porter la *chechia* noire ; s'ils blasphémaient en public le nom de Dieu ou du Prophète, on les pendait, et l'on rapporte que le jour du vendredi saint, les chrétiens de toutes les communions pouvaient les

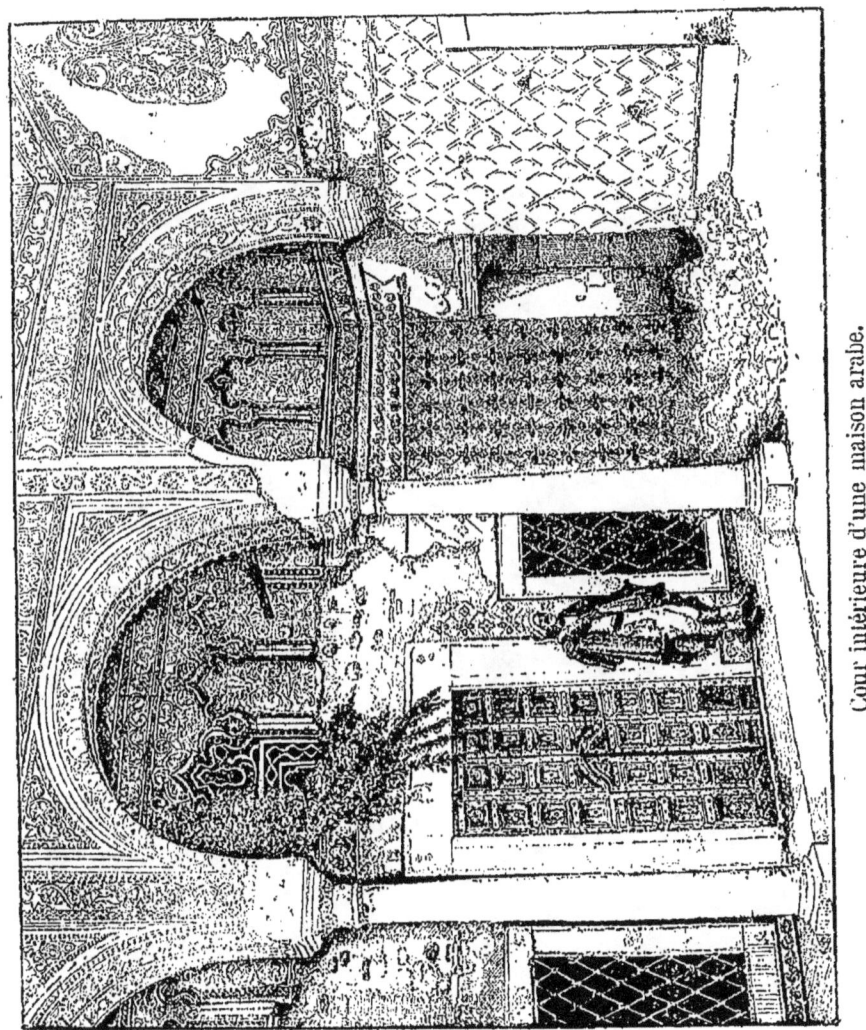

Cour intérieure d'une maison arabe.

molester s'ils les trouvaient en dehors de leur quartier ; une des principales vexations qu'on leur faisait subir était de les rouler dans des tonneaux plus ou moins propres.

En général, leurs maisons sont sales et inconfortables, et par économie deux ou trois familles s'empilent dans un espace qui serait à peine suffisant chez nous pour un logement de garçon.

La construction arabe, d'ailleurs, s'y prête. Toutes les maisons, bâties sur le même plan, se composent du *patio*, cour intérieure sur laquelle s'ouvrent les diverses pièces du logis ; le *patio*, commun à tous, sert à tout, lessive, cuisine, commérages et disputes. Toujours à ciel ouvert, il est protégé contre les voleurs et les indiscrets par un grillage ; le dallage est en marbre et les murs sont revêtus de carreaux de faïence d'un dessin harmonieux.

L'ornementation varie suivant la fortune. Parfois les portes et les fenêtres sont encadrées de marbre blanc, sur lequel on grave des fleurs ; d'autres fois des arcades soutenues par des colonnettes font le tour du *patio ;* mais partout on trouve la niche où brûle une lampe en terre et la citerne où se recueillent les eaux pluviales des terrasses qui servent à la fois de couverture, de promenade et de séchoir.

Tout est combiné dans ces habitations pour ne pas souffrir de la chaleur, mais elles manquent d'aération et sont fort humides ; les insectes et la vermine

y pullulent en toutes saisons. Aussi trouve-t-on
souvent dans les maisons arabes un serpent fami-
lier, le *hanesch*, comme autrefois l'ichneumon chez
les Égyptiens. C'est la grande couleuvre ou le serpent
d'Esculape, et il a fort à faire pour purger l'immeuble
des mille-pattes, des cafards, des cancrelats, des
grosses araignées tarentelles, des scorpions ; toute
une entomologie désagréable.

Rien ne protège du froid, car les cheminées sont
inconnues et les braseros n'y suppléent que très in-
suffisamment. Mais ce n'est qu'un détail, et le principal semble avoir été de se garantir des curieux.
Si une fenêtre donne sur la rue, elle est grillagée ou
munie d'un *moucharabié* pour permettre aux femmes
de voir sans être vues, et la porte massive, bardée de
têtes de clous énormes, figure bien l'entrée d'une
prison.

Quand Abraham introduisit Moktar dans le ca-
pharnaüm de la rue Sidi-Bou-Haddid, le *patio* pré-
sentait un aspect singulier. Femmes et enfants for-
maient un cercle autour de quelques juifs accroupis,
ayant chacun devant eux une petite pièce d'or ; tous
étaient immobiles et silencieux.

— Qu'est-ce qu'ils peuvent bien attendre ? demanda
Moktar.

— L'arrivée de la mouche, répondit Abraham ; le
premier sur la pièce duquel une mouche se posera,
aura gagné et ramassera l'enjeu des autres.

— Tiens, bien imaginé, dit l'Arabe; au moins, on
ne peut pas tricher à ce jeu-là !

— Oui, repartit le Juif, c'est bien pour cela que nous
l'avions inventé, mais il faudra en trouver un autre ;
figure-toi que l'autre jour, à la Goulette, nous étions
en train de jouer à la mouche; le vieux Jacob gagnait
tout le temps; cela me parut louche, et je finis par
découvrir qu'il avait dans sa poche des dattes sur
lesquelles il frottait sa pièce. Les mouches, attirées
par le sucre, le favorisaient toujours ; c'est bien ce qui
m'a donné l'éveil ; mais c'est égal, il a dû gagner beaucoup d'argent avec ce truc, et je regrette de ne pas y
avoir pensé avant lui. Veux-tu jouer ?

— Merci, dit Moktar, je n'ai pas de sucre sur moi.

— Alors, entrons.

Et ils pénétrèrent dans une petite pièce, jadis assez
richement décorée, mais actuellement très délabrée ;
pour tout mobilier, une table boiteuse, chargée de
papiers et d'échantillons d'étoffes, une caisse de fer
et trois tabourets. Abraham attachait évidemment de
l'importance à l'affaire qu'il voulait traiter, car il
appela sa fille Zoïra et lui commanda d'apporter à
son hôte de l'eau fraîche et du sirop de tamarin.

Étonnée de tant de prodigalité, Zoïra se fit répé-
ter l'ordre deux fois.

Quoique jeune, cette fille était obèse, et cet embonpoint démesuré n'était pas la faute de la nature,
mais bien le résultat d'un régime d'engraissement

auquel, chez les Hébreux de la Harâ, on soumet les jeunes filles à marier, la beauté plastique consistant pour eux dans un développement exagéré des formes.

Grâce à l'abus des farineux et surtout de la *heulba*, sorte de vesce qu'on mange en bouillie, mademoiselle Zoïra, qui faisait crever les coutures de son *seroual* trop étroit, était devenue une beauté réputée dans le quartier.

Abraham la regarda avec complaisance, mais le souci des affaires fit vite place à cette jouissance d'amour-propre paternel, et ayant tendu un verre minuscule à Moktar :

— Que penses-tu donc faire, lui dit-il, des chameaux que, grâce à moi, tu as achetés à si bon compte?

— Mais, rien pour le moment ; je vais les emmener à Métouïa, mon pays, que j'ai quitté depuis cinq ans, et là, s'il plait à Dieu, je les revendrai avec bénéfice.

— Mauvais, mauvais, s'écria le Juif ; on ne spécule pas sur cinq chameaux seulement ; et après, que comptes-tu entreprendre ?

— Je ne sais pas trop ; peut-être me remettre à cultiver, comme mon père et mes frères. Et Moktar raconta en quelques mots ce qui lui était arrivé.

— Voyons, dit Abraham, pourquoi ne pas utiliser tes chameaux en chemin, pourquoi ne te fais-tu pas marchand ? C'est une profession honorable et lucrative.

Moktar objecta tout de suite le manque de capitaux.

— Écoute, dit Abraham, nous pourrions nous arranger ; je connais assez bien le commerce du Sud de la Régence ; toi, tu sais la manière de voyager ; je te

Zoïra, la fille d'Abraham.

constituerai une pacotille en t'indiquant les prix de vente, et à ton retour tu me rendras mes débours et nous partagerons les bénéfices.

— C'est à voir, répondit Moktar ; laisse-moi jusqu'à demain pour réfléchir.

Et il sortit en se demandant si un homme qui courait après des commissions d'un *douro*, ne se moquait pas en lui proposant des avances considé-

rables ; il ignorait que pour le juif il n'y a pas de
petits profits, et sut bientôt qu'Abraham ne se vantait pas. On lui raconta, en effet, qu'au moment de
la mort de son père, voyant le vieillard navré de
quitter l'or amassé avec tant de peine, ce digne fils
avait été chercher un grand plat à *couscouss*, l'avait
rempli de pièces d'or et l'avait déposé sur le lit du
moribond, pour adoucir, par cette vue, ses derniers
moments.

Plus il y réfléchissait, plus Moktar trouvait les
conditions acceptables ; aussi revint-il le lendemain.

Ce fut de sa part une erreur ; il faut attendre que
le juif vienne vous relancer. Abraham augmenta
ses prétentions, il demanda en sus, pour l'argent
qu'il devait avancer, un intérêt de un et demi pour
cent ; mais, entendons-nous bien, à Tunis l'intérêt se
calculait au mois, pas à l'année.

Moktar, circonvenu, fatigué par la discussion, consentit à payer un pour cent.

— Conclu, dit Abraham, ce sera à déduire sur ta
part de bénéfice.

Moktar, exténué, accepta tout, même le contrôle
d'un judaillon, le petit Lévi, que son oncle Abraham
lui confiait soi-disant pour visiter le Sud, mais en
réalité pour vérifier les opérations commerciales, et
tout de suite il fut traîné chez l'*adel*.

C'est le notaire du pays. Oh ! pas de luxe dans
l'étude : une simple échoppe de six pieds carrés,

bourrée de registres ; pas de fauteuils en velours pour les clients, ils restent debout dans la rue ; pas de clercs qui grossoyent selon des formules incompréhensibles ; le notaire rédige lui-même, avec un simple roseau, des actes très clairs et peu coûteux.

Les *adels* sont au nombre de deux mille en Tunisie ; on n'en compte pas un seul au bagne.

Le contrat passé, il ne s'agissait plus que d'acheter la pacotille qui devait constituer ce bazar à dos de chameau. C'est fort compliqué, car pour que l'opération soit fructueuse, il faut que les articles soient variés, peu encombrants, d'un prix élevé par rapport à leur poids, et appropriés au goût de la clientèle du Sud.

Abraham était expert en la matière, mais Moktar, tout en le reconnaissant, tint à l'accompagner pour s'assurer du véritable prix qu'il paierait les marchandises.

Ils négligèrent le *souk* el Grana où l'on vend des fruits secs, amandes, pistaches, carroubes, cédrats, pépins de citrouilles, etc. ; ils ne firent que traverser le *souk* des meubles, celui des nattes, le *souk* des libraires, le *souk* du cuivre, le *souk* el Bleghia ou *souk* des cordonniers, et s'arrêtèrent d'abord au *souk* des parfums.

On le nomme aussi *souk* des Andalous, parce que les parfumeurs qui l'occupent descendent des Maures venus à la suite de Charles-Quint, apportant d'Espa-

gne les secrets de la distillation des fleurs. C'est au
milieu de ce *souk* que s'élève la grande mosquée
Zitouna, ancienne église bâtie par les Espagnols en
mémoire de sainte Olive, martyrisée à Carthage sous
les Romains. Est-ce à cause de son nom ? toujours
est-il que la sainte continue à être honorée par les
musulmans comme patronne des oliviers.

Les parfumeurs fabriquent de remarquables
essences de rose, de géranium, de verveine, d'hélio-
trope, de jasmin, de coing et d'ambre gris, qui sont
d'un prix exorbitant ; par exemple, l'eau de rose
vaut 2500 francs le kilo. On débite ces parfums dans
des flacons de cristal doré, épais cylindres percés
d'un tube si minuscule que l'on y ferait à peine passer
une aiguille à tricoter, et qui contiennent tout au plus
une vingtaine de gouttes pour trois francs cinquante.

Abraham en fit une provision à l'usage des femmes
de grande tente ; il y joignit des chapelets d'ambre,
du *henné* en poudre pour les ongles et des bouteilles
à *kohl* pour estomper les yeux et allonger les sourcils.

Le *souk* des tailleurs reçut ensuite leur visite. On
y confectionne des broderies merveilleuses dues à
l'habileté et à la patience des ouvriers juifs qui en
ont le monopole ; c'est là qu'on vend les vestes, les
gilets, les cafetans pour hommes et pour femmes, sou-
tachés d'or et pailletés d'argent. Abraham ne prit
pas de vêtements pour le Sud, mais seulement des

bobines de fils d'or et d'argent, et toute cette riche passementerie qui sert à orner les robes de mariage.

Entre coreligionnaires, l'accord fut laborieux et

Le souk des Andalous.

Moktar partit persuadé qu'il y avait plus de cuivre et d'étain dans l'assortiment que de métal précieux.

Dans le *souk* des teinturiers, un nègre, qui avait un bras jaune et l'autre vert, leur débita des écheveaux de soies multicolores destinés à être vendus

aux femmes qui charment les ennuis de leur réclu-
sion, en exécutant d'admirables travaux d'aiguille.

Le *souk* des étoffes fournit au futur bazar quelques
pièces de soie rayée, et celui des armuriers des poi-
gnards et des *flissas* damasquinés, ornés de fausses
pierres.

Le chargement qui, on le voit, se composait unique-
ment d'objets de luxe, fut complété dans le *souk* des
orfèvres. Abraham choisit de grands anneaux pour
les oreilles, des bracelets pour les chevilles et les
bras, des branches de corail et des petites mains de
Fathma en or qui conjurent les sortilèges, des agra-
fes et des broches pour maintenir les robes et les
haïks, des chaines, des colliers de perles fausses de
toutes couleurs, et jusqu'à des montres.

Toutes les marchandises furent envoyées rue Sidi-
Bou-Haddid, où le père Abraham et le petit Lévi
allaient procéder à un emballage spécial ; car, d e
crainte d'un Zarouni quelconque, ces richesse s
devaient être dissimulées dans des sacs de blé.

Le départ aurait pu avoir lieu de suite, mais Mokta r
demanda et obtint quelques jours de répit pour ache-
ver de remettre ses chameaux en état.

Il eut assez lieu de le regretter.

LE DIVAN DU CHARÂ

CHAPITRE XII

LE DIVAN DU CHARÂ.

Deux jours après, de vagues rumeurs de guerre circulèrent dans la ville. On venait d'apprendre coup sur coup l'entrée en Kroumirie de deux colonnes françaises, l'une arrivant de la Calle et occupant Aïn-Draham et Fernana, l'autre venant de Tebessa et opérant dans la vallée de l'Oued-Mellègue.

Depuis longtemps, les autorités de la province de Constantine se plaignaient des incursions des Kroumirs tunisiens ; peut-être, disait-on, ces colonnes n'ont-elles pour but que de châtier les tribus de la frontière et vont-elles ensuite rentrer en Algérie ?

Des gens bien informés prétendaient, au contraire, que le refus de payer l'impôt par certaines tribus et le désordre des finances avaient poussé le bey à demander le secours de son alliée la France, car l'armée tunisienne était loin de la belle organisation que lui avait donnée le bey Ahmed. Moktar entendit même dire chez le barbier, une des dernières boutiques où l'on cause, que les Français, profitant de l'occasion, allaient s'emparer de la Régence et l'annexer à l'Algérie.

Il se rendit à la source des nouvelles, nous avons

nommé le café des Marocains, pour savoir à quoi
s'en tenir. Là aussi, les bruits étaient contradictoires ;
les *Zlass*, disait-on, s'agitaient du côté de Kairouan ;
on était sûr de la tranquillité des plaines de la Daklah
et du Mornag, mais on affirmait que, dans le Sud de
la Régence, des tribus auraient déjà émigré en Tripolitaine. Les uns étaient très effrayés de cette entrée
des Français, d'autres et surtout les négociants y
voyaient un avantage pour leur pays.

En réalité, il n'y avait pas ce qu'on peut appeler
d'effervescence ; seul, un Senoussi prêchait la guerre
contre tous les Européens quels qu'ils fussent, suivant les préceptes de sa secte.

Les Senoussi forment une confrérie très importante
dans le monde musulman. Leur *djemmaâ* centrale, au
sud-est de Tripoli, dans la partie autrefois appelée la
Cyrénaïque, entretient des affiliés dans tout l'Islam,
jusqu'au Sénégal et même en Chine. Leur idée est
tout à la fois politique et religieuse ; ils veulent
chasser des pays mahométans tous ceux qui pro-
fessent d'autres religions, et rendre l'Algérie, l'Égypte,
la Roumélie et l'Inde aux vrais croyants. Ils travail-
lent aussi à convertir les nègres païens, craignant le
fléau noir, c'est-à-dire l'invasion des États musulmans
par les barbares d'Afrique. Ce sont les Senoussi qui
fournissent presque tous les missionnaires qui vont
coraniser les habitants du Bornou.

— Nous sommes dans le treizième siècle de l'hégire,

hurlait l'énergumène du café des Marocains, et vous savez tous que la prophétie annonce que ce siècle verra tous les Européens jetés à la mer.

La boutique du barbier.

— Le moment est venu d'agir !

Mais personne ne faisait attention à ses extravagances, et le *caouadji* n'en versait pas une tasse de café de moins.

Moktar continua tranquillement ses préparatifs de

départ ; les pieds de ses chameaux bien goudronnés étaient guéris, et il finissait d'ajuster les bâts, quand il vit arriver, quelques jours après, Abraham très inquiet.

Il levait les bras au ciel et semblait affolé.

— Nous sommes envahis, cria-t-il du plus loin qu'il l'aperçut ; on ne peut plus sortir de Tunis ; les Français ont débarqué à Bizerte et marchent sur la ville. Ils étaient campés hier dans les oliviers à Gournat à quarante kilomètres ; demain, ce soir peut-être, leur avant-garde sera ici.

— Eh bien, on aura le plaisir de les voir, répondit flegmatiquement Moktar, qui, en sa qualité d'ancien *oukil* de M. Gérigné, faisait tous les soirs au café des Marocains de la propagande en faveur des Français.

— Mais, par Jéhovah! s'écria le juif, tu ne songes pas à partir !

— Par Mahomet ! je partirai, riposta Moktar ; et le pauvre homme, menacé de voir ses projets s'écrouler, fit appel à toutes les ressources de son esprit pour démontrer au juif, que la peur rendait livide, combien ses craintes étaient chimériques.

Il lui rappela l'histoire arrivée quelques jours auparavant, dont on riait encore dans les *souks*, et qui prouvait, certes péremptoirement, qu'il n'y avait pas d'animosité de la part des Arabes contre les Européens, ni *vice versâ*.

Voici ce qui s'était passé :

Des Français résidant à Tunis étaient réunis pour prendre le café, chez Barbouchi, le riche marchand de tapis. Un d'eux montra un journal de Landerneau ou de Pézenas, dans lequel on attaquait vigoureusement le gouvernement français qui laissait, disait l'auteur de l'article, écharper ses nationaux dans les rues de Tunis par une population de fanatiques en délire. Suivaient de longues considérations sur les raffinements de cruauté de ces descendants des corsaires barbaresques.

Les Européens rirent beaucoup de la position qu'on leur prêtait, et un loustic proposa de simuler le soi-disant massacre. Les uns se déguisèrent en Bédouins, les autres figurèrent les Européens maltraités, et cette pantomime avait eu le plus grand succès parmi les indigènes.

Abraham, loin d'être convaincu, lui cita à son tour un massacre, malheureusement vrai celui-là, qui avait eu lieu la veille à l'Oued-Zergua. Deux employés de la compagnie de Bône-Guelma avaient été assassinés par quelques sectaires, Senoussi ou autres.

Quand Moktar eut compris que le juif ne voulait pas laisser sortir les marchandises de chez lui et vit que c'était bien une rupture complète, il entra dans une si abominable colère, que le petit Lévi détala à toutes jambes, suivi bientôt de son respectable oncle.

Abraham avait compté sans son hôte : un Arabe sorti de son caractère vaut un juif.

Une heure après, Moktar était chez l'*adel* qui avait passé l'acte d'association, s'en faisait délivrer une copie et allait prendre l'avis d'un savant *mufti*.

Le mufti est un juge, mais en dehors des audiences où il rend ses arrêts, il doit donner des consulta-

tions appelées *fetouâs* et remplit alors le rôle d'un avocat consultant. Ces conseils sont demandés et donnés sur le simple exposé des faits, sans nommer les parties, car dans ces pays où a trop régné l'arbitraire, les magistrats pourraient parfois ne pas décider d'après la simple équité.

Le mufti

La *fetouâ*, qui est gratuite, est destinée à éclairer l'intéressé sur l'issue probable du procès qu'il veut intenter.

D'autres fois, un fidèle, par un scrupule de conscience, vient demander au mufti si la revendication qu'il a l'intention de faire n'est pas contraire au Coran.

Les parties produisent souvent une *fetouâ* au cours des débats. Celle-ci a la valeur d'une interprétation doctrinale et n'oblige pas le juge ; mais elle n'est pas sans importance, car la jurisprudence joue un grand rôle dans la solution des procès. Il ne faut pas oublier, en effet, que la loi musulmane est tout entière dans le Coran, où bien des choses sont oubliées ou laissées dans le vague.

On y a suppléé par une jurisprudence établie d'après l'autorité de quatre *imans* ou docteurs, dont les commentaires forment les quatre grands rites orthodoxes des pays musulmans.

La Tunisie en applique simultanément deux, ceux de l'*iman* Maléki et de l'*iman* Hanéfi.

Moktar, étant *malékite*, s'adressa à un mufti de ce rite qui donnait des consultations une semaine et siégeait la suivante, de façon à ne pas juger ceux auxquels il avait délivré des *fetouâs*.

C'est dans le même palais dit du *Charâ*, ou du droit sacré, que les muftis délivrent leurs *fetouâs*, que les cadis cumulant les fonctions de greffiers et d'assesseurs, reçoivent les causes et font préparer les assignations. C'est là enfin que le jeudi se tient l'audience, au cours de laquelle les différends sont tranchés une fois pour toutes, car le *Charâ* juge sans appel.

La rapidité avec laquelle les affaires sont soumises au tribunal tient du prodige, si on la compare avec la sage lenteur de notre procédure européenne.

En effet, Moktar, après avoir exposé son cas au mufti dont la consultation lui parut favorable, fit enregistrer sa cause chez le cadi et reçut assignation à comparaître le jeudi suivant.

Ce délai si court lui parut encore trop long, car la note du *fondouk* s'allongeait d'une façon formidable, les chameaux, malgré leur sobriété, ne se nourrissant pas de noyaux de dattes.

Pour atténuer autant que possible les frais, il faisait pâturer ses bêtes hors de la ville, dans les terrains vagues, le long des pistes, dans les nombreux cimetières que l'incurie arabe laisse dans un état d'abandon lamentable.

Pendant que les uns ruminaient, l'autre maudissait le Juif, maudissait ses ruminants eux-mêmes.

Que n'avait-il acheté plutôt des mulets ? On en cherchait partout pour assurer les transports de l'armée française.

Abraham n'avait pas menti.

La quatrième brigade dite de renfort avait débarqué à Bizerte, sous les ordres du général Morand. Elle avait d'abord campé à Gournat, puis, opérant par la vallée de la Medjerda, avait passé à Sidi-Tabet, à Djedeida, et s'était arrêtée à la Manouba, à dix kilomètres de Tunis ; car, pour bien montrer que les Français venaient en alliés et en protecteurs du bey, les troupes n'avaient pas fait d'entrée dans la capitale, et l'on formait des colonnes pour aider l'armée tunisienne à pacifier l'intérieur de la Régence.

L'intendance demandait quatre mille *arabas* pour

marcher sur Kairouan, offrant quinze francs par jour
pour l'homme, la charrette, le mulet ou le cheval. Ce
prix considérable rehaussait le prestige du nom fran-

Entrée du *Charâ*.

çais et mettait en liesse tous les prêteurs d'argent, y
compris Abraham qui arriva cependant au Charâ le
jour de l'audience, en pleurant sur sa ruine irrémé-
diable.

Il était accompagné d'un coreligionnaire qui, plus éloquent, devait parler pour lui. Moktar arriva seul avec la bonne *fetouâ* dans sa poche.

Pour être moins imposant qu'en France, l'appareil de la justice ne manque pas de dignité. Le juge ne cherche pas à intimider le plaideur, mais plutôt à lui venir en aide, et souvent il lui fournit des arguments auxquels celui-ci n'avait pas songé.

Accroupi sur un large divan, entre les deux cadis qui lui servent d'assesseurs, le mufti a derrière lui un grand tableau recouvert de versets du Coran, et à ses pieds un brûle-parfum. Les plaideurs sont pieds nus, comme dans une mosquée, et ne doivent pas fumer.

Moktar, en sa qualité de demandeur, parla le premier, et réclama qu'on obligeât le Juif à exécuter le contrat dont il fit passer le texte sous les yeux du tribunal. Puis il exhiba avec assurance sa *fetouâ*, qui pouvait s'appliquer à bien des cas, car elle était ainsi conçue :

« Nul ne doit causer de préjudice à son voisin sans le réparer ; qu'il soit ainsi jugé. — Dieu est juste. — Qu'il soit exalté ! »

Le porte-paroles du Juif se retrancha tout de suite derrière le cas de force majeure. « Pouvait-on, dit-il, partir au milieu d'une guerre, quand les tribus se soulevaient contre l'autorité de Son Altesse ? Son client regrettait ce contre-temps, il en était au désespoir, il

en souffrait autant que son associé, qui devait comme
lui s'incliner devant les faits. »

Le mufti, après avoir consulté à voix basse ses
assesseurs, demanda à Moktar à combien s'élevait la
dépense de ses chameaux depuis le jour où il avait
signé sa convention avec Abraham, lui faisant observer qu'il avait négligé de le dire.

Lorsque Moktar eut formulé sans hésitation un
chiffre qu'il ne connaissait que trop, le juif fit mine
de s'écrouler sur le tapis, s'écriant qu'il allait mou-
rir, tant la prétention de Moktar lui causait d'indignation. Ce fut un concert de gémissements exécuté
par le petit Lévi, Abraham et son avocat. « Que
Moktar donnait-il donc à manger à ses chameaux ? »
gémissait le trio. «Jamais on n'avait nourri des bêtes
de la sorte. » Le mufti coupa court à ces lamentations
en se retirant pour délibérer.

Il revint lire l'arrêt, que nous transcrivons fidèle-
ment :

« Louange à Dieu, maître des mondes ! Que la
« bénédiction et le salut soit sur Notre-Seigneur Mo-
« hammed, le dernier des Prophètes, le Çhef des
« Envoyés, sur sa famille, et sur tous ses compa
« gnons.

« Au prétoire judiciaire, devant le mufti, le docte, le
« pur, le distingué, le jurisconsulte Sidi-Kaddour, ont
« comparu l'honorable Ali Moktar ben Salem, d'âge
« mûr, et le vieillard Abraham fils de Samuel. Une

« contestation s'étant élevée entre eux au sujet d'un
« marché, dont la réalisation peut subir des difficultés
« par suite d'événements que Dieu a permis dans sa
« toute-puissance, qu'il soit exalté ! ledit contrat est
« annulé. Mais attendu que nul ne doit subir de
« préjudice du fait de son voisin, Dieu est juste ! le
« mufti requiert ses assesseurs de témoigner contre
« sa personne généreuse qu'il condamne Abraham
« fils de Samuel à rembourser à Ali Moktar ben Sa-
« lem les frais occasionnés par ses chameaux depuis
« le jour de la signature du contrat jusqu'au jour du
« présent jugement. »

AU SERVICE DE LA FRANCE

CHAPITRE XIII

AU SERVICE DE LA FRANCE

Ce jugement satisfit médiocrement Moktar.

S'il lui permettait de payer ses dettes, il ne remplissait pas son escarcelle, et son mécontentement s'accentua quand il apprit qu'il ne pourrait toucher son argent au greffe du Trésor, au Dar el Bey, que huit jours après. Du coup, les chameaux tombèrent du pré dans la lande, et cette fois, sans métaphore. La ration d'orge fut supprimée et les pérégrinations aux alentours de la ville recommencèrent. La colline du Belvédère offrait un pâturage plus verdoyant qu'ailleurs, grâce à l'ombrage des oliviers dont elle était couverte, car on était au commencement de juin, et déjà l'herbe était roussie par le soleil africain.

C'est bien le point des environs de Tunis d'où l'on découvre le plus beau panorama.

Vue de cette éminence, la ville mérite réellement les gracieux surnoms des poètes. Elle reflète ses minarets et ses mosquées dans les eaux tranquilles du lac Bahira qui met son port en communication avec la mer. Des balancelles, semblables à de grandes mouettes aux ailes déployées, le sillonnent en tous sens, jetant le trouble parmi de longues files de flamants roses.

On voit en face de soi, grâce à la merveilleuse transparence de l'air, les petites villes de Rhadès, de la Goulette, de la Marsa, de Sidi-Bou-Saïd et la colline où fut Carthage.

A gauche, l'Ariana cachée dans les grands arbres de ses jardins, et tout à fait dans l'éloignement, une longue flèche d'argent: ce sont les salines de la Sokra.

A droite, de l'autre côté de la colline à laquelle est adossée la ville, apparaissent le lac Seldjoumi, l'aqueduc de Charles-Quint et le Bardo.

Moktar, insensible comme tous les Arabes aux beautés de la nature, s'était endormi, adossé à un olivier, quand il fut tout à coup réveillé par un refrain, dont le rythme alerte n'avait rien de commun avec les mélopées traînantes de son pays.

Un zouave, le fusil en bandoulière, un bidon à la main, descendait la colline en chantant. Il s'interrompit en passant devant Moktar et dit en riant :

— Ça t'épate, mon vieux Bicot, de voir un Français.

— Je m'épate jamais, Môssieu, répondit l'élève de M. Gérigné.

Le zouave s'arrêta net :

— Eh bien, vrai, je ne m'attendais pas à celle-là ; c'est le cas de dire qu'on peut se faire comprendre partout ; tu parles donc français ?

— Un peu, répondit Moktar, à ton service.

— Ce n'est pas de refus ; tu as là un cousin qui m'a

l'air moins instruit que toi, car j'ai voulu lui acheter
du lait pour mon capitaine et nous n'avons jamais pu
nous entendre.

Ils montèrent ensemble trouver le pâtre, qui gar-
dait ces belles chèvres
de Malte dont les ma-
melles gonflées de lait
traînent jusqu'à terre ;
le bidon vite rempli fut
vidé à la santé de la
France, et Moktar dut
raconter comment il
avait appris le fran-
çais.

— Mais pardieu, se
dit le zouave, en écou-
tant son récit, voilà
l'homme qu'il faudrait
à mon capitaine pour
se faire comprendre de

L'ordonnance du capitaine Gédéon.

tous ces moricauds qui se sauvent quand il les
appelle ; et il expliqua à Moktar qu'il était campé à la
Manouba, où l'on engageait des guides et des transporteurs à l'usage des colonnes qui allaient se
mettre en route.

Moktar, flairant qu'il pourrait peut-être utiliser ses
chameaux, courut les chercher, et le bidon de nouveau
rempli, il suivit le zouave qui devait le présenter au

capitaine Gédéon qu'il avait l'honneur de brosser.

La Manouba était le centre du quartier général français. Il avait été en effet stipulé par le traité du Bardo, comme nous l'avons dit, que les troupes ne logeraient pas dans la capitale ; les officiers et les soldats avaient seulement le droit de venir s'y promener. L'état-major et les ambulances occupaient l'ancienne caserne de la cavalerie du bey.

Tout autour, l'armée avait établi ses bivouacs. En dehors du camp, des chevaux et des mulets destinés aux transports étaient attachés au piquet.

Un grand mouvement régnait partout, car on était dans le feu de la formation des compagnies mixtes. Ces corps étaient destinés à parcourir rapidement les provinces encore sous l'impression de l'insurrection, à les pacifier au besoin et à les protéger contre les bandes de maraudeurs.

En effet, si on était d'accord en haut lieu, il régnait encore dans les campagnes une certaine effervescence, comme à la suite de toute menace de guerre civile, surtout lorsqu'elle a été, par surcroit, compliquée d'intervention étrangère. Puis, comme l'avaient prouvé le massacre de l'Oued-Zergua et l'échauffourée de Ben-Béchir, il était sorti on ne sait d'où des gens sans aveu, qui, sous le manteau du patriotisme et de la religion, avaient commis toutes sortes de déprédations et s'étaient portés à des excès, même sur leurs compatriotes et leurs coreligionnaires.

On voulait des colonnes peu nombreuses, pouvant se suffire à elles-mêmes et d'une grande légèreté pour se porter vivement sur les points menacés. Aussi, afin de ne pas être gênés dans leurs mouvements par un matériel trop encombrant, les commandants ne relevaient plus de l'intendance pour les bagages, et chacun assurait ses convois comme il l'entendait. Les compagnies mixtes, au nombre de six, tirèrent leur nom de ce que les éléments en étaient partie français, partie tunisiens.

Encore, sous cette dernière rubrique, admettait-on des étrangers, espagnols, maltais, italiens, sans leur demander autre chose qu'une robuste santé et le port de la *chechia*.

Une portion des officiers sortait de l'armée du bey, mais la haute direction appartenait au cadre français. Le commandant était un capitaine d'infanterie, ayant sous ses ordres un lieutenant d'artillerie, avec deux pièces de montagne, et un lieutenant de cavalerie, avec un peloton de spahis. L'effectif total s'élevait à près de cinq cents hommes, auxquels on avait donné l'uniforme des tirailleurs et des spahis algériens.

La troisième compagnie mixte était commandée par le capitaine Gédéon, un excellent homme, très aimé du troupier, préoccupé avant tout de lui éviter une souffrance inutile, surveillant l'ordinaire comme une véritable ménagère, inspectant la tenue et l'équipement, en homme qui a passé par tous les grades.

Il était toujours de bonne humeur et, ma foi, n'a-
vait pour le moment aucune raison de se plaindre.
Très actif, malgré son embonpoint, il avait obtenu
récemment d'être envoyé en Afrique ; peu de temps
après, son régiment était parti pour la Tunisie, et à
peine arrivé, il était désigné pour former une compagnie mixte.

Il allait être son maître, pouvoir appliquer ses
théories et donner libre carrière à ses manies, car
il en avait deux, le brave capitaine.

La première de croire qu'il descendait de feu Gédéon,
le vainqueur de Jéricho, et les murailles à faire tomber
ne manqueraient pas sur sa route ; la seconde, d'avoir
un corps de troupe..... tenu.

C'était son adjectif favori, il l'appliquait sans rime
ni raison ; tout ce qui lui paraissait susceptible
d'approbation recevait cette épithète.

Pour le moment, il voulait avoir des tentes.....
tenues, des arabas..... tenues, des mulets..... tenus.
Lorsque son brosseur entra dans sa tente, le capitaine
Gédéon, assis devant une caisse à biscuits qui lui
servait de table, élaborait un projet de règlement pour
l'ordre et la marche des convois dans sa colonne.
Ce serait..... tenu !

— Pardon, mon capitaine, dit le zouave, c'est pour
votre lait.

— Laisse-moi tranquille, je n'ai pas temps, dit l'officier.

— Et puis, mon capitaine, ajouta le brosseur, c'était pour la colonne.

— Alors, c'est différent ; qu'est-ce qu'il y a ?

— Voilà ce que c'est, mon capitaine : j'ai rencontré tout à l'heure un Arbico qui m'a l'air d'un lascar. Je dis pas qu'il parle français comme moi qui suis de la Villette, mais on peut causer tout de même avec lui et il comprend tout ce qu'on lui dit ; d'après ce qu'il m'a raconté, il a roulé sa bosse un peu partout, a été pendant quatre ans chez un colon français, et je vous garantis qu'il connaît toutes les ficelles du pays.

Le capitaine Gédéon.

— Où est-il ton Arabe ? interrogea le commandant.

— Mon capitaine, il est à la porte du camp avec ses chameaux.

— Comment avec ses chameaux ?

— Oui, il en a cinq et des beaux ; si mon capitaine en a besoin, il les louerait bien.

— Je ne dis pas non ; mais si j'ai des chameaux, je veux qu'ils soient..... tenus. Va me chercher ton homme.

Le zouave ne fit qu'un saut et un instant après il grattait à la porte.

— Entrez, dit le capitaine en entr'ouvrant la tente.

Moktar fut examiné de la tête aux pieds avec ce regard de famille qui faisait trembler les murailles.

Il ne sourcilla pas, ce fut déjà une bonne note pour lui.

— Alors, c'est toi l'Arabe? dit le capitaine Gédéon ; tu prétends pouvoir servir d'interprète ; mais il me faut quelqu'un qui sache non seulement l'arabe et le français, mais encore le maltais.

— Pourquoi dis-tu ça ? interrompit Moktar en se mettant à rire.

— A cause de mes *arabatiers*, parbleu ! ils sont tous Maltais, je ne peux pas me faire comprendre d'eux.

— Les Maltais et les Arabes parlent presque la même langue, lui expliqua Moktar, ils ne diffèrent que par la religion ; ce sont des Arabes chrétiens. J'ai entendu dire, ajouta-t-il, qu'ils étaient d'une tribu des environs de Constantine émigrée chez les chrétiens à Malte, à la suite d'un acte de cruauté d'un de leurs cheikhs. Celui-ci, étant en tournée d'impôts, reçut l'hospitalité dans un *douar* où il se fit apprêter un poulet ; l'enfant de la femme qui avait préparé le repas déroba une aile, et la mère dut, en s'excusant, servir une volaille incomplète. Le cheikh ne fit pas d'observation, mais après le diner, du revers de sa *flissa*, il abattit le bras de l'enfant en disant : « Dans

un pays où les poulets n'ont qu'un aileron, les petits
garçons ne doivent avoir qu'un bras. »

— Tiens, mais tu m'as l'air d'un savant, fit le capitaine ; je te prends comme interprète ; voyons les
chameaux maintenant.

— Pour cela, dit Moktar, tu ne trouveras pas

Le départ de la compagnie mixte.

mieux ; et il montra avec complaisance ces bêtes qui
lui avaient causé tant de tracas.

L'examen fut satisfaisant.

— Comment t'appelles-tu ? demanda le capitaine
Gédéon.

— Moktar ben Salem.

— Eh bien, Moktar ben Salem, à partir d'aujour-
d'hui, tu es au service de la France, et je te nomme chef
de ma cavalerie à bosse. Qu'est-ce que tu demandes ?

— Cinq piastres par jour pour moi et dix piastres
pour mes chameaux, dit timidement Moktar.

— Ça fait quinze francs, répondit le capitaine,
c'est entendu.

Moktar, qui connaissait la différence de la piastre
et du franc, soit quarante centimes, eut peine à dis-
simuler sa joie, mais se garda bien d'éclairer le capitaine, pensant que les Français étaient assez riches
pour payer en francs et non en piastres.

Les chameaux furent emmenés derrière le camp
et entravés à la mode algérienne. On replie sur
elle-même une patte de devant et un peu au-dessous
du genou, on la serre par une ligature en alfa ;
l'animal trébuche alors sur trois jambes.

Le capitaine appela cela, en riant, des chameaux
haut le pied.

Trois jours après arrivaient des ordres supérieurs
et la troisième compagnie mixte quittait son campement
et partait en expédition, l'arme sur l'épaule droite.

Le brave capitaine Gédéon avait perdu quelques
kilos, mais, en revanche, pour employer son expression favorite, c'était... tenu !

EN COLONNE

CHAPITRE XIV

EN COLONNE

Les instructions du capitaine portaient que la colonne devait parcourir le territoire compris entre Tunis et Tébessa d'une part, et de l'autre, entre Tébessa et Tozeur, point extrême de son itinéraire. A Tozeur, il devait faire un séjour de quelque durée, puis continuer sa route jusqu'à Gabès, où, à moins d'ordre contraire, il serait rapatrié à Tunis par la voie de mer.

Il s'agissait, en réalité, de visiter l'ouest et le sud de la Régence.

Il lui était prescrit de s'arrêter dans les contrées où régnerait de l'agitation, de traverser seulement les pays tranquilles et de se porter sur les points où se manifesteraient des velléités de rébellion.

Dans son désir de se signaler par quelque haut fait d'armes, le capitaine ne mettait pas en doute qu'il ne fût bientôt attaqué. Pour se mettre à l'abri de toute surprise, il donna les consignes les plus minutieuses et se plaça en tête de la compagnie, après avoir désigné, pour porter ses ordres, un spahi qui ne devait pas le quitter plus que son ombre.

De Tunis au Kef, la route tout indiquée était de

suivre la vallée de la Medjerda ; c'est avec l'Oued-
Milianah les deux seuls fleuves de la Tunisie qui
coulent toute l'année.

A Djedeida et à Tebourba, la colonne dut camper
sur les bords de ce cours d'eau. Dans ce dernier
endroit se trouve établi un barrage nommé El-Bathan,
qui servait jadis à faire marcher une fabrique de *chechias*; on y exploitait alors une pêcherie qui fournit
abondamment les troupiers d'aloses et de barbeaux.

Malheureusement les rives de la Medjerda sont
infestées de moustiques ; les Arabes n'en ont cure,
et ces maudits insectes s'adressaient surtout aux
nouveaux débarqués qu'ils trouvaient, avec raison,
une proie plus tendre.

Ce n'était là que le commencement des ennuis
réservés par le climat aux jeunes soldats de la
colonne.

Le médecin leur apprit à se défier de l'eau et à ne
boire que dans les puits qu'il aurait autorisés ; il se
trouve parfois des sangsues filiformes, tellement
ténues, qu'elles entrent dans la bouche du buveur
sans qu'il s'en aperçoive ; elles peuvent alors causer
des hémorragies internes. On se sert, pour éviter cet
inconvénient, d'un filtre très primitif qui consiste à
tendre une cravate de troupe au-dessus d'un bidon.
Parfois aussi, l'eau est trop chargée de magnésie;
enfin, il y a des cas où elle est empoisonnée par les
fleurs du laurier-rose.

Pour combattre, autant que possible, les effets du
soleil, le capitaine Gédéon faisait faire halte de dix
heures du matin à trois heures de l'après-midi ; mais
comme, dans ces plaines dénudées, où l'Européen
n'avait pas encore fait de plantations, on ne trouvait
pas un arbre, les soldats devaient rester couchés

Le capitaine Gédéon et son spahi.

sous leur petite tente où régnait une chaleur suffo-
cante ; quant aux *arabaticrs* qui suivaient, ils étaient
encore moins bien partagés et devaient chercher un
abri sous leur charrette, aussi bien le jour que la
nuit.

La privation de pain se faisait aussi sentir ; sauf
à Medjés-el-Bab, à Teboursouk et au Kef, il fallut le
remplacer par du biscuit.

Heureusement que le gibier vint varier quelquefois
l'ordinaire.

Le capitaine Gédéon avait bien interdit l'usage des armes à feu pour la chasse ; mais les convoyeurs savaient habilement trouver les lièvres au gîte et les assommer d'un coup de matraque ; ils ne dédaignaient même pas la gerboise, petit rongeur de la taille d'un rat, assez curieux par son train de derrière démesuré comme celui du kangourou, et dont les

mœurs sont celles du mulot.

Sauf à Testour, où la colonne fit séjour, pour observer la population dont le fanatisme était signalé, on ne remarqua aucun signe d'hostilité dans les tribus.

Gerboise.

L'Oued-Tessa, la dernière rivière avant d'arriver au Kef, fut franchi sur un vieux pont romain ; mais, instruit par une expérience cuisante, le commandant, qui avait eu la tête grosse comme un boisseau à la suite de ses démêlés avec les moustiques de la Medjerda, fit dresser le campement assez loin de l'oued. On profita cependant de son voisinage pour se livrer à une pêche fructueuse ; comme il n'y avait pas de pêcheries et que les soldats n'avaient ni hameçons, ni filets, Moktar, l'ex-plongeur du *Santopola*, se mit à l'eau et montra la façon de saisir par les ouïes le barbeau qui se cache sous les pierres et les racines des lauriers-roses.

L'arrivée au Kef fut marquée par un incident qui eût pu avoir des suites désagréables sans le secours de Moktar.

Les spahis qui éclairaient la compagnie aperçurent tout d'un coup un tourbillon de poussière, puis une nuée de cavaliers lancés au triple galop qui semblaient vouloir les envelopper ; ce que voyant, ils se replièrent eux-mêmes à fond de train sur le gros de la colonne et arrivèrent en criant : « Nous sommes attaqués. »

— Tant mieux, s'écria le capitaine, ils vont trouver à qui parler !

— Formez le carré ! commanda-t-il d'une voix tonnante.

Les bagages évoluèrent pour prendre leur place au centre. Moktar, qui ne comprenait rien à cette brusque agression, grimpa sur le dos d'un de ses chameaux ; on le vit alors battre des mains sur son observatoire et se livrer à une bruyante hilarité en criant : « Amis, amis, fantasia ! »

C'était en effet le caïd du Kef qui, prévenu par le kalifat de Teboursouk de l'arrivée des Français, avait rassemblé les *goums* de son caïdat et se portait à leur rencontre pour leur faire honneur.

— Que diable ! grommela le capitaine Gédéon, c'est très aimable, mais on avertit, au moins.

Et il fit porter les armes pour rendre la politesse au caïd. Ce dernier, constellé de toutes les décorations beylicales, débita une longue harangue traduite par Moktar, qui se terminait par une invitation à une grande *diffa* préparée pour les officiers au palais du caïdat.

Peu familiarisé avec les usages indigènes et craignant de commettre un impair, le capitaine s'y rendit, accompagné de Moktar en qualité d'interprète.

Le mot *diffa* signifie grande hospitalité : quand les Arabes reçoivent de la sorte, l'ostentation orientale ne connaît pas de bornes et les plus avares deviennent prodigues.

Le caïd avait convié, en même temps que les officiers, les principaux notables de la ville. Après les salutations d'usage, il invita ses hôtes à prendre place sur les nattes et les tapis qui couvraient le sol.

Force fut bien aux officiers, faute de chaises, de prendre la position du tailleur; le capitaine, qui avait oublié d'enlever ses éperons, en fut particulièrement gêné.

Les serviteurs apportèrent alors un grand nombre de plats qui devaient réserver certaines surprises aux estomacs européens.

Moktar, qui se tenait debout derrière le capitaine, lui glissa à l'oreille que, sous peine de paraître impoli, il fallait manger de tout.

On débuta par une soupe au canard et aux œufs;

pour ce plat seulement on distribua aux convives
des cuillers en ébène incrustées d'ivoire ; pour les
autres, les doigts devaient suffire. Le premier service se composait de poissons de l'Oued-Mellègue
enveloppés d'herbes aromatiques et cuits au four ;

La grande mosquée du Kef.

de ragoûts de poulet, l'un au fenouil, l'autre au piment, de perdreaux au riz et au safran ; d'œufs frits
aux tomates.

Ce n'étaient que les hors-d'œuvre. Un serviteur apporta la pièce de résistance, le *méchoui*, un mouton
entier enfilé dans un morceau de bois. Après l'avoir
présenté, il le fit glisser le long de la broche dans

un grand plat, avec son pied nu. Chacun détachait un morceau de cette viande ultra-cuite, jusqu'à ce qu'il ne restât plus que la carcasse.

Le caïd avait bien fait les choses. Pendant que les Arabes et lui se passaient une gargoulette d'eau, il faisait servir à ses hôtes européens du vin de Bordeaux.

Mais le repas n'était pas fini, car un énorme plat couvert, en guise de cloche, d'un chapeau de paille pointu, fit son apparition.

Il contenait l'inévitable *couscouss*, mais cette fois au miel et aux raisins secs. Un lieutenant déclara forfait, quand on le lui présenta ; le capitaine le rappela à l'ordre d'un geste.

Ne pas faire honneur au mets national, il n'aurait plus manqué que cela !

En sortant, le médecin conseilla une purgation générale pour le lendemain, et l'on se remit en route quarante-huit heures après, les bonnes dispositions des autorités du Kef rendant un plus long séjour inutile, mais non sans avoir visité la grande mosquée, une des plus anciennes de la Régence.

Du Kef à Tébessa, les estomacs avaient le temps de se remettre, car on ne trouve aucune ville sur le parcours. L'aspect du pays change complètement. Aux grandes plaines succède une région montagneuse où l'on rencontre fréquemment des forêts, si l'on peut donner ce nom à de hautes broussailles d'où émergent de temps en temps des pins d'Alep et des chênes verts.

La chaleur était devenue de plus en plus accablante et le commandant avait dû diminuer la longueur des étapes. Elle fut un jour à ce point insupportable, qu'il fit faire halte avant l'heure accoutumée.

A peine les faisceaux étaient-ils formés, que Moktar vint demander la cause de cet arrêt et exprima les craintes qui étaient venues aux *arabatiers*. Ils pensaient, dit-il, que cette chaleur anormale était causée par quelque incendie de forêt, et il leur semblait percevoir un léger crépitement dans le lointain. Il conjura le capitaine de reprendre la marche jusqu'à ce qu'on eût atteint l'autre versant de l'Oued-Serrat, dont le lit, quoique desséché, opposerait une barrière à l'incendie, si c'en était un : « Le vent, ajouta-t-il, venant à pousser le feu dans notre direction, il se propagerait avec la vitesse du galop d'un cheval. »

Devant son insistance, on se remit en marche, malgré la fatigue générale.

Il arrive trop souvent, dans le nord de l'Afrique, que les forêts soient la proie des flammes. La malveillance n'y est pas toujours étrangère, les Arabes incendiant pour avoir plus d'herbe au printemps suivant ; mais il se produit aussi qu'un simple fragment de verre communique le feu aux herbes sèches sous l'action des rayons du soleil.

Quoi qu'il en soit, les *arabatiers* ne s'étaient pas trompés, d'épais nuages de fumée obscurcissaient l'air et rendaient la marche horriblement pénible ; le crépitement s'entendait maintenant si distinctement qu'on aurait dit le roulement d'une mitrailleuse.

Quand les hommes furent à l'abri de l'autre côté de l'oued, le capitaine Gédéon poussa un soupir de soulagement. Le malheureux fondait à vue d'œil, et bien qu'il n'y eût plus de danger, tout le monde fut d'accord pour continuer la marche plutôt que de rester à cuire dans cette fournaise.

En arrivant à Tébessa, la colonne n'était plus... tenue ; il était nécessaire d'accorder aux soldats quelques jours d'un repos bien gagné. C'était là que le ravitaillement devait se faire.

Tébessa est une petite ville de la province de Constantine située au centre de la région des Hauts-Plateaux, à douze kilomètres de la frontière tunisienne.

C'est l'ancienne Theveste des Romains, dont de nombreuses ruines attestent l'importance, entre autres le temple de Minerve et l'arc de triomphe de Caracalla ; on y compte actuellement 3500 habitants, dont 200 Français.

Il restait à la colonne deux cent vingt kilomètres à parcourir pour gagner Tozeur.

Une fois le col de Beccaria franchi, et ce ne fut pas sans peine, à cause des quartiers de rocher qui l'obs-

truent, la compagnie mixte entra dans la mer d'alfa.
C'est le nom qu'on a donné à cette succession de pla-
teaux sans autre végétation que les touffes de ces graminées ; secouées par le vent, elles donnent l'illusion
des ondulations de la mer. De temps en temps des vols
de *gangas* s'élevaient devant la colonne, rompant la

L'arc de triomphe de Tébessa.

monotonie de la route. Moktar, se rappelant ses
chasses de Zaghouan, supplia en vain le capitaine de
lui permettre de tuer quelques-unes de ces grosses
gélinottes grises striées de noir, qui constituent un
excellent rôti ; mais l'ordre était formel, aucun coup
de feu ne devait être tiré sans nécessité.

A moitié route de Feriana et de Gafsa cesse la
région de l'alfa et les dunes de sable terreux commencent ; l'eau devient rare et souvent saumâtre. A
partir de Gafsa, elle manque complètement et il faut

en emporter pour franchir les soixante kilomètres
qui séparent ce poste de Tozeur.

On y fit séjour pour modifier le chargement et
réquisitionner de nouveaux chameaux pour le trans-
port de l'eau.

Gafsa, l'ancienne Capsa des Romains, est bâtie
sur une nappe souterraine ; elle sert à arroser les
nombreux arbres fruitiers qui au milieu des sables
en font une oasis sans palmiers. Les nomades des
environs viennent y vendre leurs laines, dont on
fabrique des couvertures bariolées, connues dans
toute la Régence sous le nom de *fraichias*. A un autre
point de vue, Gafsa jouit d'une très mauvaise réputation ; on prétend que le diable, portant un sac de
scorpions qu'il destinait à l'enfer pour la nourriture
des gourmands, le laissa tomber près de Gafsa ; ce
qui est certain, c'est qu'ils y sont plus nombreux
qu'ailleurs et que, parmi les diverses variétés de ces
arachnides, il y en a une, le scorpion noir, dont la
piqûre est fort dangereuse.

Le capitaine Gédéon avait établi scrupuleusement
le nombre de litres nécessaires pour traverser le
pays de la soif.

Il voulait que pour l'eau, ce fût... tenu. On remplit des outres pour la consommation des hommes,
des chevaux et des mulets, et on les couvrit de nattes et de couvertures pour empêcher le soleil de les
faire éclater. Quant aux chameaux, ils devaient por-

ter leur provision en eux-mêmes ; on les mena à l'abreuvoir, et après qu'ils eurent bu jusqu'à plus soif, on leur entonna de force du liquide.

Grâce à ces précautions, on ne meurt pas de soif, au sens absolu du mot ; mais cette eau conservée dans des peaux de bouc goudronnées, souvent mélangée de poils, chauffée par une température de 45 degrés, ne rappelle que de bien loin l'onde pure où La Fontaine fait désaltérer ses agneaux.

— Je donnerais ma solde d'un mois pour un bock à la glace, déclarait le capitaine Gédéon.

LE DJERID

CHAPITRE XV

LE DJERID

Le pays où mûrit la datte s'appelle le Djerid. Il s'étend du golfe de Gabès à la frontière algérienne, le long de cette ancienne mer en voie de desséchement qu'on nomme les *chotts*. C'est un des points du globe où la pluie est le plus rare, circonstance très favorable à la culture du dattier, dont un proverbe arabe dit qu'il doit avoir la tête au soleil et les pieds dans l'eau. On supplée à la rosée du ciel par de nombreux puits artésiens, et l'on croit que la nappe qui se trouve sous les oasis n'est autre que l'eau des *chotts* qui s'est dessalée en filtrant à travers les dunes, se chargeant, par contre, d'une grande quantité de magnésie qui la rend éminemment suggestive pour les arrivants.

Les forages ne donnent pas toujours un résultat heureux ; mais dès que l'eau a jailli, fertilisant les sables, on plante le palmier, et voilà une nouvelle oasis formée.

Dans le sud, les Arabes considèrent que le palmier est un arbre béni, et ils vont jusqu'à l'entourer de superstitions. Pour le planter, on prend un rejeton déjà grand ; on l'enfouit dans une fosse profonde en frappant sept fois la terre et en criant à chaque fois : « Mohammed est le prophète de Dieu. » Plantez-le autrement, il ne réussit pas ; seulement n'oubliez pas de l'arroser pendant quarante jours et de le protéger des rayons du soleil par des branchages.

C'est aussi un arbre d'un grand rapport ; en dehors des dattes, il fournit le *laghmi* ou vin de palmier, qu'on obtient en lui faisant une incision dans la tête. Si cela ne fait pas de bien au palmier, ça n'en fait pas davantage à l'Arabe, qui s'enivre d'autant plus volontiers avec le *laghmi*, que sa religion ne lui interdit que le vin.

Les palmeraies étant une source de grande richesse pour le pays, on les entoure de toutes sortes de soins. Dans l'oasis de Tozeur, la plus importante puisqu'elle compte 220.000 dattiers en production, existe un puits jaillissant qui fournit 600 litres à la seconde. Pour distribuer ce Pactole, on a créé toute une administration.

Il y a l'*oukil* et le tribunal des eaux qui juge toutes les semaines les contestations. Chaque propriétaire irrigué paie une contribution proportionnelle au nombre d'arbres qu'il possède ; l'eau coule jour et nuit, mais comme l'arrosage du soir est préférable, beaucoup l'emmagasinent dans de grands bassins.

Le trop-plein du puits central va se perdre dans les sables du côté de Nefta, formant un *oued* qui sert à laver le linge et à abreuver les bestiaux.

C'est là que, le 13 du mois de mai, on célèbre la fête de l'été, solennité absolument particulière au Djerid.

Le soir, les dames et les demoiselles de Tozeur

Les palmiers du Djerid.

vont à la rivière et se plongent dans l'eau. Elles dénouent leurs cheveux et les lavent en criant : « Pharaoun, Pharaoun, Pharaoun, fais-moi croître les cheveux aussi longs que le palmier et ses ré gimes. »

Le bain se prolonge assez avant dans la nuit.

Est-ce une tradition phénicienne, ou un reste des
fêtes de Cérès ? ce n'est pas à Moktar que nous le
demanderons, mais il nous apprendra que le gros
lézard gris qui vit, ainsi que les caméléons, sur les
palmiers n'est pas un mets à dédaigner.

Il en fit même manger au capitaine Gédéon, si bien
remis de ses fatigues qu'il avait accepté une invitation du cheikh à laisser courre la gazelle.

Un équipage de chasse est le luxe des riches Arabes
du Djerid. Comme au temps de la féodalité, ils ont
des faucons destinés au vol ; les demoiselles de
Numidie, qui ne sont que de grandes grues, sont le
gibier sur lequel on déchaperonne le plus souvent ;
c'est la petite chasse.

La grande se fait avec des léviers (*slouguis*) ; ces
chiens n'ont pas d'odorat, mais sont d'une vitesse
merveilleuse ; ils chassent à vue. Telle est la rapidité de leur course qu'on leur met le feu aux ten-
dons pour les empêcher de claquer. Ils ne servent
pas seulement à forcer la gazelle ; parfois on lance
des antilopes, venues du Sahara, et des mouflons.
Ces derniers animaux sont rares ; leur taille est
celle d'un veau, leur chair se rapproche de celle
du bœuf, leurs cornes sont énormes. Ils s'en servent
parfois pour franchir des ravins, quand ils sont pour-
suivis ; la tête baissée, ils se précipitent, se reçoivent sur les cornes et font un rétablissement.

La chasse de la gazelle est plus facile. Tous les

chasseurs sont à cheval, portant leurs *slouguis* sur l'arçon de la selle, pour les lâcher dès qu'ils en aperçoivent un troupeau. L'habileté des veneurs consiste à pousser les animaux vers les *chotts* où ils s'enlisent dans la vase.

On les prend alors vivants, et il n'y a guère de maison à Tozeur qui ne possède sa gazelle apprivoisée.

Les *chotts* ne sont pas seulement dangereux pour ces jolies petites bêtes; ces amas de boue poudrée à blanc par les efflorescences salines, dont la surface seule est desséchée, servent tous les ans de tombeau à des voyageurs imprudents.

Gazelle.

On les traverse cependant pour se rendre dans le Sahara, mais il faut alors se confier à un guide expérimenté. Les caravaniers pratiquent plusieurs pistes, celle qu'ils préfèrent part d'El Oudiane pour aboutir à Kébili. La boue piétinée par les chameaux a fini par se durcir et former une chaussée de 10 mètres de large et de 50 kilomètres de long.

C'est par là que le petit poste chargé de surveiller la route des *chotts* vit déboucher un jour une bande d'hommes voilés de noir jusqu'aux yeux, vêtus de cotonnade bleue, armés de longues lances et montés sur de magnifiques dromadaires blancs.

On fit prévenir le capitaine qui arriva suivi de Moktar et du kalifat.

Ce fonctionnaire lui apprit que les nouveaux arrivants étaient des Touaregs qui venaient probablement pour commercer, comme cela arrive souvent dans les oasis. Il s'approcha d'eux et revint bientôt trouver le capitaine, auquel il expliqua que c'était l'avant-garde d'une caravane chargée de peaux, de laines, de criquets séchés, de gommes, de noix de kola, d'ivoire, de dents d'hippopotame, de plumes d'autruche et de poudre d'or, produits du Soudan qu'ils apportaient de Ghadamès et désiraient échanger contre du blé, du café, du sucre, des cotonnades, des miroirs et autres objets manufacturés.

Il conseilla de les laisser camper à l'entrée de l'oasis, mais de les empêcher d'entrer dans la ville.

Une certaine hostilité a toujours régné, malgré les rapports de commerce, entre les Arabes et les Touaregs, ces nomades qui sont les seuls et rares habitants du Sahara.

Maîtres du transit entre les contrées si peuplées du Soudan et les côtes de la Méditerranée, et jaloux du monopole des transports, ils pillent et massacrent les caravanes qui ne paient pas leur protection.

Il faut dire à leur décharge que ne pouvant être ni pasteurs, ni laboureurs, ils n'ont d'autre ressource que d'être transporteurs ou de s'expatrier.

Forcément nomades depuis des siècles, ils ont
acquis des qualités d'endurance qui ne sont compa-
rables qu'à celles de leurs chameaux. Un peu d'orge
torréfiée et moulue, quelques dattes, une petite quantité d'eau, voilà tout ce qu'ils emportent dans leurs

Touareg et son méhara.

lointaines expéditions. Quant aux *méharis*, leurs chameaux coureurs, ils sont aussi extraordinaires par la
rapidité de leur course que par leur sobriété.

Un *méhara* a pu franchir en vingt-deux heures les
420 kilomètres qui séparent Biskra de Tuggurt.

Beaucoup plus fort que le chameau de charge,
le seul qui existe dans la Régence, il a le pied fortement spatulé, il appuie plus en marchant, et c'est,

pour les guides arabes, un indice du passage des Touaregs.

Son maître le conduit au moyen d'un anneau passé dans une seule narine, du haut de sa selle, dont il embrasse le pommeau avec ses jambes entrecroisées.

Le commandant de la colonne n'eut pas de difficultés pendant le séjour des Touaregs, qui, fidèles à leurs usages, repartirent dès que leurs échanges furent terminés.

Il en eut après, car ils laissèrent un souvenir de leur passage.

Moktar, très effrayé, entra un matin dans la maison où s'était logé le capitaine, et contrairement à son habitude, ce fut lui qui parla le premier.

— Capitaine, lève-toi, Bouch Allel est là.

— Fiche-moi la paix avec ton Bouche à l'Ail ; connais pas. Qu'il m'attende. Laisse-moi dormir.

— Capitaine, ne plaisante pas, dit gravement Moktar. Bouch Allel prend tantôt des guerriers comme toi, tantôt des femmes pour être leurs compagnes.

Quand il est venu ici, il y a deux ans, le vieux Kliffa, un marabout, un saint, l'a vu à la mosquée de Sidi Abiet; il est sorti dans le faubourg des Gitnas en criant : « Il faut trois femmes à Bouch Allel, il les prendra, car il en a besoin pour les marier. » Trois femmes seulement sont mortes aux Gitnas et pas un homme. Tout à l'heure une petite fille est venue pour parler au chef ; elle a tellement insisté que je l'ai interrogée. Voici ce qu'elle vient de me raconter :

« Cette nuit je dormais, lorsque j'entendis les chiens aboyer furieusement ; quelqu'un frappa à la porte. Je demandai : Qui est là ? — C'est moi, me répondit-on. — Qui toi? — Moi, le Bouch Allel. — Que veux-tu? — Je viens te demander l'hospitalité. Je suis chassé de partout. — Va-t'en, lui dis-je avec terreur, va-t'en. — C'est bien, dit Bouch Allel, puisque toi aussi tu me repousses, je vais à El Oudiane et je tuerai le premier cheikh que je rencontrerai. »

Bouch Allel, a dit la petite, avait le costume d'un guerrier touareg et ses yeux faisaient peur à voir.

— Capitaine, il faut envoyer à El Oudiane.

— Toi, je vais d'abord t'envoyer à Charenton, dit le capitaine Gédéon.

— Les grenouilles n'ont pas chanté cette nuit, et elles ne chantent jamais quand Bouch Allel est là, continua Moktar.

— Mais me diras-tu, à la fin, ce qu'il fait, ton Bouche-toi-l'Œil ?

— Il fait des morts, et ce sont leurs âmes qui constituent son peuple, composé de gens de toutes les nations, car il voyage toujours. Aujourd'hui il est ici, demain il sera chez toi où les *roumis* l'appellent choléra.

— Allons donc, il fallait le dire plus tôt, s'écria le capitaine impatienté. D'abord je te défends d'envoyer quelqu'un à El Oudiane. Puis il n'a qu'à venir, ton

Bouch Allel, tu verras comme nous le recevrons.

Le major, le *toubib* comme tu dis, se charge de son affaire : il lui servira une potion à l'acide phénique dont il ira dire des nouvelles à la petite fille.

Moktar n'était pas rassuré.

Jamais on n'enlèvera aux Arabes une idée se rattachant au domaine du merveilleux. Tout ce qui touche au monde invisible séduit leur imagination, et depuis des siècles ils s'occupent de spiritisme.

Le capitaine Gédéon était, lui aussi, plus inquiet qu'il ne voulait le paraître.

Ce fut bien pis quand dans la journée on apprit que non seulement le choléra avait fait son apparition à El Oudiane, mais à Tozeur même. D'accord avec le médecin major, le commandant prescrivit toutes les mesures usitées en France en pareil cas. Au premier décès signalé le major se rendit dans la maison, aspergea le cadavre d'acide phénique et voulut faire désinfecter l'immeuble contaminé. Mais les femmes se mirent à crier à la profanation, ameutèrent les voisins et force lui fut de décamper au plus vite.

Le caïd fut obligé d'intervenir pour calmer un commencement d'émeute et vint trouver le commandant, pour lui dire qu'il ne répondait pas de la population, si les Français continuaient à pratiquer leurs sortiléges sur les croyants.

Le moyen le plus simple de tout concilier, se dit le capitaine Gédéon, c'est de déménager. Je ne suis pas envoyé pour combattre Bouch Allel ; d'ailleurs la pharmacie du major n'y suffirait pas, et puisque je suis une cause de trouble, partons. Le départ fut commandé pour le lendemain.

Au reste les instructions qui lui avaient été données au départ de Tunis lui prescrivaient, si aucun mouvement de rébellion ne s'était manifesté dans le Djerid, de rallier le poste militaire nouvellement fondé à Gabès, d'où la colonne serait rapatriée par la voie de mer.

Il ne lui fallut pas moins de quinze jours pour y arriver, en passant de nouveau par Gafsa, puis par El Guettar, El Ayaïcha et El Haffey.

UNE NOCE A METOUÏA

CHAPITRE XVI

UNE NOCE A METOUÏA

La ville ou plus exactement l'oasis de Gabès est située au fond de l'ancien golfe des Syrtes; la marée s'y fait sentir, chose anormale dans la Méditerranée, aussi les barques de pêche profitent-elles du flux pour remonter la petite rivière qui traverse l'oasis.

Plus tard Gabès deviendra certainement un port de mer important pour la région du Sud.

Au moment de l'arrivée de Moktar, la ville européenne n'existait pas. Les troupiers avaient baptisé du nom de Coquinville quelques baraques en planches, où les mercantis leur débitaient de l'absinthe frelatée, sur le bord de la mer, près des appontements primitifs qui servaient de débarcadère aux passagers et aux marchandises.

C'est là que le capitaine Gédéon s'embarqua avec sa compagnie, après avoir licencié ses convoyeurs.

Il consentit volontiers, eu égard aux bons services de Moktar, à le payer en francs et non en piastres, bien qu'il eût appris depuis longtemps la différence entre ces deux monnaies. Moktar lui dit au revoir et non

pas adieu, car il caressait déjà le projet qu'il devait
mettre à exécution plus tard.

Ses chameaux vendus un prix raisonnable, il se
trouva à la tête d'un capital assez rondelet. Après
tant de vicissitudes et de fortunes diverses, bien
servi par le hasard, il arrivait près de Metouïa à
quelques kilomètres des siens.

Le *gourbi* natal n'existait plus.

Menacée, par le fisc rapace, d'une expropriation
complète, sa famille avait préféré tout abandonner,
et les quelques arpents qu'elle cultivait étaient re-
tournés en friche.

Cet exemple prouve que les professeurs d'économie politique n'ont pas tort, lorsqu'ils affirment qu'il
ne faut pas exagérer les impôts, sous peine de voir
disparaître la matière imposable ; et ceci est particulièrement vrai dans ce pays, où les déménagements
ne sont pas longs, car ils consistent dans l'enlèvement
des perches qui forment la charpente du *gourbi*, seuls
matériaux de quelque valeur.

Les Salem, dégoûtés par force du métier de propriétaire, étaient devenus les *khrammès* d'un certain
Mustapha, riche habitant de Sfax, qui s'était rendu
acquéreur d'une grande terre, aux environs de Metouïa.

Khrammès veut dire cinquième, et l'on a donné en
Tunisie ce nom aux colons partiaires, parce qu'en
général ils n'ont droit qu'au cinquième de la récolte

pour leur travail. En revanche le maître leur fournit la terre, les troupeaux, les semences et les instruments aratoires, sans compter la nourriture pendant les mauvaises années, ce qui se voit d'ailleurs dans d'autres pays.

L'oasis de Gabès.

A mesure que les frères de Moktar grandissaient, on avait, les bonnes récoltes aidant, étendu peu à peu la culture. Au lieu d'un *gourbi*, il y en avait maintenant trois, car deux des frères de Moktar étaient mariés.

C'est ainsi que se forme le *douar*, premier élément de la tribu.

Moktar retrouva donc dans l'aisance ceux qu'il avait quittés dans la misère ; Mabrouka était rentrée

en possession de ses bijoux, auxquels allaient se
joindre ceux que son fils lui apportait. Ce fut de part
et d'autre une grande joie de se revoir après six ans
d'absence.

L'Arabe, qui est peu communicatif d'ordinaire,
devient dans de semblables occasions extraordi-
nairement loquace. Le récit des aventures de
Moktar se prolongea toute la nuit, il ne s'arrêta qu'à
bout de salive; puis ce fut à son tour d'apprendre les
événements qui s'étaient passés dans la famille et
dans le pays. Telle année on avait eu vingt fois la
semence, telle autre le croît du troupeau avait été de
quarante agneaux. La terre située dans une vallée était
fertile et Mustapha était un si bon maître, il ne venait
jamais voir ses *khrammès*. Mais on avait été bien
inquiet pendant un moment ; peu s'en était fallu qu'on
ne fût encore obligé de déménager :

Mustapha venait d'entrer en possession de sa terre
et d'installer ses *khrammès*, lorsqu'un voisin, trouvant
que celui-ci avait fait une bonne affaire et profitant
d'une des dispositions les plus curieuses et les plus
subtiles de la jurisprudence musulmane, avait déclaré
vouloir exercer la *cheffâa*. Tout propriétaire d'un
immeuble contigu à celui qui vient d'être vendu a, en
effet, le droit de se substituer à l'acquéreur en rem-
boursant le prix *exact* de la vente.

Ce droit singulier ne peut s'expliquer que par la
préoccupation de sauvegarder la propriété des tribus,

et on peut le considérer comme une conception politique.

Comme il est manifestement excessif et porte une
atteinte grave au droit individuel, la jurisprudence
qui l'a établi n'a pas manqué d'y apporter divers
correctifs, et Mustapha avait heureusement employé

Le douar des Salem.

un des moyens légaux qui permettent de se préserver
de la *cheffâa*.

Il consiste à ajouter au prix stipulé une poignée
de monnaie dont l'acheteur lui-même ne connaît pas
exactement l'importance, et qu'on distribue de suite
aux pauvres, de telle sorte que Mustapha put répondre à son voisin : « Tu ne peux pas me rembourser,
puisque tu ignores le pritx *exact* de la vente; j'ai ajouté
au prix principal une poignée de monnaie, qu'est-ce
qu'il y avait ? Je n'en sais rien, ni toi non plus. Dieu
est grand, il fait bien ce qu'il fait ! »

Les Salem avaient donc conservé leur digne

maître. Jamais au-reste ils n'auraient pu s'entendre avec ce mauvais voisin, homme perfide et injuste qui avait fait condamner Abdallah, un camarade d'enfance de Moktar, soi-disant pour lui avoir volé un bourricot, ce qui n'était pas prouvé, et le pauvre diable traînait maintenant le boulet au bagne de la Goulette.

Moktar, voyant sa famille dans une ère de prospérité, éprouva moins de difficulté à lui avouer son projet de retourner à Tunis s'adonner au commerce.

Les résistances qu'il rencontra tombèrent devant l'offre qu'il fit d'acheter un moulin que convoitait le père Salem.

Ce ne fut pas d'ailleurs une bien grosse dépense, car le moulin arabe est rudimentaire; il n'a pas été perfectionné depuis les Romains, et se compose d'une paire de meules en pierre d'El Guettar, actionnées jadis par des esclaves auxquels on mettait une muselière pour les empêcher de manger la farine, et aujourd'hui par un mulet, qu'on aveugle pour qu'il ne la voie pas.

La mère de Moktar, la vieille Mabrouka, fut la plus affectée, quand elle entendit la résolution de son fils, car depuis son arrivée, elle nourrissait l'idée de marier son aîné qui devait être à son tour le chef de la famille des Salem. Elle avait jeté son dévolu sur une fille d'un *douar* voisin, forte et robuste comme elle l'avait été elle-même.

Moktar eut beaucoup de peine à faire comprendre à la bonne femme, qu'une fille de *douar* qui n'avait jamais porté ni chemise, ni chaussettes, ni babouches, serait par trop déplacée à la ville.

Effrayée, mais fière en même temps de ces idées de grandeur, Mabrouka s'écria comme si elle avait parlé d'une Rothschild : « Il te faudrait peut-être la fille de Taïeb ! »

Or, ce Taïeb était cet homme de Gabès qui avait ramassé quelque chose à Tunis, où il avait servi comme domestique ; dans l'intérieur Salem, il faisait l'effet d'un grand seigneur.

A la profonde stupéfaction de sa mère, Moktar répondit tranquillement : « Pourquoi pas ? »

— Aïcha, reprit celle-ci, la fille de Taïeb, mais son père exigera une dot d'au moins cinq cents piastres ?

— Je peux me payer cela, dit Moktar, et il tapa orgueilleusement sur sa ceinture, qui contenait les jolis *bocoufas* d'or.

Ni Salem, ni Mabrouka, n'eussent jamais osé porter leurs vues si haut ; mais quand ils entrevirent la possibilité de cette flatteuse union, ils mirent tout en œuvre pour la faire réussir. Moktar ne demandait pas mieux que de se laisser convaincre, car l'Arabe célibataire est un mythe, et il était déjà plus que mûr pour le mariage.

On ne se marie pas tout à fait en Tunisie comme en France. Les entrevues préparatoires sont incon-

nues, l'homme épouse sa femme sans l'avoir vue,
sur simples renseignements qui lui sont fournis par
sa mère ou par les femmes de sa famille. Le caractère
importe peu, vu la soumission complète à laquelle
est assujettie l'épouse ; quant à l'instruction, elle est
toujours nulle.

En ce qui touche la fortune, les choses se passent
aussi d'une façon toute différente. Le coureur de dot,
espèce si commune chez nous, n'existe pas, par cette
raison majeure que c'est l'homme qui paie pour
prendre femme. De là est née cette erreur très répan-
due, que le mari achète la mariée et que le père vend
sa fille.

C'est inexact, et si le père touche la dot, c'est uni-
quement parce que le Coran ayant fait à la femme
une condition inférieure, la considère en toutes circonstances comme inhabile à l'administration de ses
biens. Il en est le dépositaire ; elle lui servira à faire
vivre sa fille si elle devient veuve ou si elle est sépa-
rée ; il la rendra au mari si le divorce a été prononcé
en faveur de ce dernier. Ce qui le prouve du reste,
c'est que la femme peut donner à son mari, après le
mariage, l'administration de la dot qu'il a payée,
témoignage de confiance qui n'est pas toujours sans
imprudence.

Salem fut chargé des négociations avec Taïeb, et ce
ne fut pas sans appréhension qu'il prit son burnous
neuf, pour aller faire la demande à ce haut person-

nage. Son fils lui avait donné des ordres jusqu'à concurrence de cinq cent vingt-cinq piastres, avec cette réserve que la dot n'excéderait pas le quart de ce que la demoiselle devrait avoir un jour.

Aïcha, la fiancée de Moktar.

Taïeb fut plus condescendant que Salem ne l'espérait; en homme qui avait voyagé, il ne se montra pas autrement effrayé à la pensée de voir sa fille s'éloigner; mais il voulut, avant de se prononcer, savoir à quel commerce Moktar allait se livrer, et comme Salem ne put lui répondre, il partit avec lui pour interwiewer ledit Moktar.

Celui-ci étonna son futur beau-père par ses vastes conceptions. Il rêvait d'être à Tunis le banquier et l'entrepositaire des Gabésiens et de les soustraire aux griffes usuraires des Juifs, car depuis son procès au Charâ, il était un antisémite farouche.

A la fin de la conversation, Taïeb séduit était devenu son associé.

D'Aïcha, il n'avait pas été question, c'était sous-entendu.

Les affaires sont les affaires.

Toujours est-il que huit jours après on célébrait le mariage. L'*adel* (notaire) rédigea le contrat, et les futurs se présentèrent avec lui devant le cadi qui lut l'acte suivant :

« Louange à Dieu !

« L'honorable Ali Moktar, d'âge mûr, qui est en « voyage, fils de Salem, a épousé par la bénédiction « de Dieu — qu'il soit exalté ! — et grâce à sa bonté « et à son assistance, la noble vierge Aïcha, fille de « Taïeb négociant, demeurant à Gabès.

« Le présent mariage est contracté moyennant une « dot bénie de cinq cents piastres.

« Celui qui a contracté au nom de l'épouse, c'est « son père, en vertu des pouvoirs à lui conférés par

« Dieu et après le consentement par elle exprimé,
« sous la forme du silence (1). »

Après cette formalité, qui constitue tout le rituel du
mariage musulman, commencent les fêtes des noces
qui varient suivant les pays. L'usage du Sud veut
que la mariée soit présentée à ses parents et à ses
amis, pendant trois jours, dans la demeure de son
père, et le quatrième,
qui est le véritable mo-
ment des réjouissan-
ces, on la mène dans
la maison de son mari.

Le premier jour,
Aïcha, vêtue d'une robe
rouge, couverte de bi-
joux et enveloppée dans
tout ce qu'elle avait
de *haïks* et de *burnous*,

Le palanquin de la mariée

fut exposée voilée et assise ; elle ressemblait plus à
un paquet d'étoffes qu'à une femme. A côté d'elle
était le coffre de mariage, peint en rouge et vert,
rehaussé de filets d'or ; il lui servira à enfermer ses
bijoux, et le petit miroir qui l'orne à l'intérieur, l'ai-
dera à se parer.

Il y eut progrès le lendemain ; Aïcha était toujours

(1) La vierge, par exception, dans l'acte de mariage, ne doit pas
parler pour exprimer son consentement ; ce serait contraire à
la bienséance.

voilée, mais elle se tenait debout et l'on voyait ses bras.

Le surlendemain, elle apparut à visage découvert, sous un masque de fard, les sourcils peints et les paupières allongées par le *kohl*.

C'est alors que les parents, les alliés, les amis apportèrent leurs cadeaux, tapis, coussins, glaces, plats à *couscouss*, etc.

Le quatrième jour eut lieu une grande *diffa*, les hommes d'un côté, les femmes de l'autre, puis Madame Moktar, hissée dans un palanquin fermé de rideaux rouges, fut promenée dans toute l'oasis à dos de chameau, et la fête se termina au milieu des détonations des fusils et des tromblons, et des *you-you*, cris de joie des femmes.

MOKTAR FINANCIER

CHAPITRE XVII

MOKTAR

Au moment où le *Charles-Quint,* vapeur de la Compagnie Transatlantique, faisant le service des côtes de la Régence, passait devant les îles Kerkennah, deux passagers indigènes quittèrent le coffre vert et rouge sur lequel ils étaient assis, et s'appuyèrent sur le bastingage.

C'était Moktar, qui montrait à sa femme Aïcha les parages qu'il connaissait si à fond, pour les avoir explorés sous les ordres de Gregorio de Torre del Greco, et plus loin, la plage de Monastir, où il avait abordé après le naufrage du *Santopola.*

Que ce passé était loin, et combien différente était sa situation actuelle !

Sous ses pieds, dans la cale, étaient arrimés les ballots qui devaient former le premier fonds de son établissement commercial ; il avait eu l'honneur d'épouser la fille de Taïeb, et si la chance, longtemps contraire, continuait à le favoriser, qui reconnaîtrait l'ancien Moktar mendiant du travail dans les rues de Sousse ?...

Et déjà, quel contraste entre le pèlerin affamé de

Kairouan et cet homme affairé, qui dédouane ses marchandises, en débarquant à la Goulette !

Cependant, quelqu'un l'a reconnu.

Un forçat tirant son compagnon de chaîne, se préci-

Abdallah et son compagnon de chaîne.

pite vers lui. C'est Abdallah, son ancien camarade de Metouïa. Pauvre Abdallah ! Il est chargé de nettoyer le port de la Goulette, il porte deux baquets que son collègue devrait remplir avec une pelle. Mais il a une consolation dans son malheur ; accouplé à un Juif riche, celui-ci le paie pour faire toute la besogne.

Moktar lui fait l'aumône et promet de le prendre à son service à l'expiration de sa peine ; il commence sa vie nouvelle par un acte de générosité, ça lui portera bonheur.

Ses débuts furent modestes. Logé dans une petite maison du quartier de Bab Menat, non loin du café des Marocains, il commença par placer chez les négociants des *souks* les marchandises du Sud, que lui consignait son associé et beau-père Taïeb.

Puis, il fonda un comptoir de change.

N'allez pas vous imaginer un luxueux agencement de grilles et de guichets comme en Europe, avec des vitrines derrière lesquelles étincellent les sébiles pleines d'or.

Un petit coffre-fort qu'il remportait chaque soir chez lui et une ancienne caisse à savon, transformée en comptoir, composaient tout le matériel de l'établissement créé par Moktar, sous une porte cochère.

La boutique n'était pas brillante, mais elle devint vite très achalandée ; Moktar n'eut pas besoin de recourir à une publicité coûteuse, ses amis du café des Marocains s'en chargèrent. Sa clientèle se composa d'abord des Gabésiens, puis des gens des oasis, auxquels il servait de banquier pour faire voyager leur argent, et, petit à petit, sûrs de son honnêteté et de son intelligence, ils lui confièrent leurs économies pour les faire fructifier.

Moktar, pour employer ces fonds, se décida alors à monter une boutique de *mouchou*, dont il confia la

direction à son frère, car il se garda bien d'abandonner sa porte cochère.

Le *mouchou* vend toutes sortes de marchandises
courantes, contrairement à ce qui se fait dans les

La première boutique de Moktar.

souks, où chaque commerçant ne débite qu'un article.
Les muselières d'alfa pendent au mur à côté des mou-
choirs et des cotonnades, et sur le comptoir, les parfums font pendant aux épices.

Ce premier essai ayant réussi, fut suivi de plusieurs
autres. Aujourd'hui, Moktar commandite des *mou-
chous* dans tous les quartiers de Tunis.

Depuis longtemps, il a abandonné son échoppe ;
suivant le mouvement des indigènes riches, il a quitté
la vieille cité arabe pour la nouvelle ville européenne,
et c'est chez lui que descend M. Gérigné, quand il
vient à Tunis pour ses affaires.

Reprenant et perfectionnant l'idée du juif Abraham,
il a établi un va-et-vient commercial entre Tunis et
Gabès, non plus à dos de chameau, mais bien par
les bateaux de la Compagnie Touache, dont il est devenu un des meilleurs clients.

Le vieux Taïeb dirige dans le Sud la succursale de
son gendre, tandis que son jeune frère Hassein est
le voyageur de la maison MOKTAR, TAIEB et Cⁱᵉ.

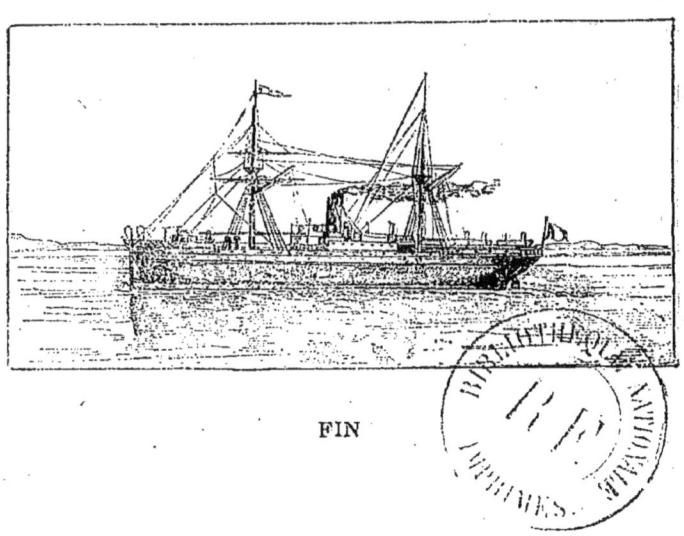

FIN

TABLE DES MATIÈRES

TABLE DES GRAVURES

CHAPITRE V

LA PÊCHE DU CORAIL

CHAPITRE VI

KAIROUAN LA VILLE SAINTE

CHAPITRE VII

UN COLON FRANÇAIS A ZAGHOUAN

CHAPITRE VIII

LE COL DES VOLEURS

CHAPITRE IX

LA JUSTICE DU BEY

CHAPITRE X

LE CAFÉ DES MAROCAINS

www.ingramcontent.com/pod-product-compliance
Lightning Source LLC
Chambersburg PA
CBHW061441030726
47503CB00005B/1520